JN084524

オビー

キム・ヘジン
カン・バンファ　ユン・ブンミ 訳

オビー＊目次

어비 (UHBI)
Copyright © Kim Hye-jin 2016
All rights reserved.
Originally published in Korea by Minumsa Publishing Co., Ltd., Seoul.

Japanese translation rights arranged with Kim Hye-jin c/o Minumsa Publishing Co., Ltd.,
through Japan UNI Agency, Inc.

The WORK is published under the support of Literature Translation Institute of Korea(LTI Korea).

装幀　成原亜美（成原デザイン事務所）
装画　宮岡瑞樹

オビー

オビーを初めて見たのは、朝礼の時間だった。

各エリアを受け持つ十チームが整列すると、チーフが今日の作業量や注意事項などを伝える。私はというと、スニーカーにばかり気を取られていた。買って間もない気がするのに、早くも薄汚れ、ほつれが目立った。

私じゃありません。

オビーだった。

あのねえ、先週まではこんなにクレームが多くなかったんだよ。

チーフが声を荒らげた。君が来るまで問題なかったのに、君が来てから問題が発生したんだから、君のせいだろ。そんなふうに聞こえた。初めてなのだ。誰でも最初は、本を入れる箱を間違えたり、景品を入れ忘れたり、バーコードラベルを貼り間違えたりといったミスを連発した。誰かに注意されれば、すみません、今後は気を付けます、と言えばそれで済んだ。どのみち、やっていくうちに上達するのが仕事というものだ。

私じゃありません。

オビーに謝る気はなさそうだった。百人余りの従業員が見守る中、チーフの目をまっすぐ見つめて立っていた。

じゃあ、ここにいるのはみんなベテランだってのに、誰のミスだって言うんだ。

チーフがさらに声を荒らげた。

でも、私じゃありません。

オビーは低く落ち着いた声で、同じ言葉をくり返した。違う。本当に。私じゃない。八時二十分に始まった朝礼は、三十分を超えていた。けっきょく、チーフが折れた。ミスのないように、と言い渡すと、みんなが拍手をした。朝礼の終わりに、毎日みんなで拍手をするのだ。拍手をしないのはオビーと私の二人だけだった。

倉庫の庭先で、オビーと少しだけ言葉を交わした。お昼を食べてぶらぶらしていたとき、犬小屋の前にしゃがんでいるオビーを見つけた。明るい日差しを受けて、オビーのおかっぱ頭がきらきらしていた。私は言った。

その子、オビーっていうの。

オビーが振り向いた。私は犬小屋に近寄って、手を振った。犬は寄ってこない。仕方なく、前足をつかんで自分のほうへ引き寄せた。

この子の名前、オビーっていうのよ。

オビーは黙ったまま犬を撫で続け、一度もこちらを見ない。やむなく続けて話しかけるかたちになった。仕事はどう？　いい天気ね。家は遠いの？　何時に起きる？　疲れるでしょ？　質問を投げると、はいかいいえだけの答えが返ってきた。一問一答。会話らしい会話は始まらず、オビーは私の質問を丸ごと呑み込んでしまった。

いつもそんな具合だった。だから、オビーにはある種の誤解や先入観が付きまとった。

あの子、ちょっと変よね。

帰宅用のシャトルバスの中で誰かがオビーの話を持ち出すと、礼儀がなってないとか、自分勝手だとか、生意気だという反応が続いた。物流倉庫は、都心を抜け、土がむきだしになった道をずいぶん行った町外れにある。通勤に時間がかかるため、みんなには退屈を紛らす何かが必要だった。主に新入りや管理者、時にはニュースやテレビ番組が話のタネになっていたのに、いつの間にか話題はオビー一本に絞られていた。

ちょっと無愛想なだけじゃない？

何度かオビーの肩を持ってみたが、無駄だった。

実際、オビーはさほど好感の持てるタイプではなかった。どちらかというと体が大きく、肉付きもいいため、どこか鈍そうな印象を与えた。表情と言えるほどのものはなく、常に怒っているようにも見えた。でも問題は、そういった外見にあるのではなかった。オビーは自分に付きまとう偏見や先入観について、ただの一度も、何らかの説明をしたり取り繕ったりしようとしなかった。

私たちは毎日カートを押しながら、百坪余りの倉庫を歩き回った。注文用紙に書かれた本をカートに載せて戻り、箱に詰めて梱包し、ラベルを貼ってベルトコンベアに載せるのが主な仕事だ。一度に数百冊もの本を正確かつスピーディに探さねばならない。鉄製のラックにぶら下がるようにして本を抜き取ったり、腰を屈めて床に置かれた本を漁っているると、瞬く間に二、三時間が過ぎていった。足の震えが止まらず、たちまちくたびれ果てた。こまめに水を飲んでも口の中は乾きっぱなしで、鼻の穴は早々にほこりで埋まった。うず高く積まれた本に視界を塞がれ、カートを前から引っ張ることもしょっちゅうだった。

足、痛くない？

いつだったか、トイレでオビーと出くわしたときのことだ。足が痛み、しばらく便座に腰掛けて休んでから出ると、オビーが手を洗っていた。真っ白い洗面台のあちこちに赤いものが散っていた。

怪我したの？

近寄ると、指から血を流していた。指先が半ばちぎれそうになっている。カッターの刃で切ったに違いなかった。本は順番に床の上に置かれている。陳列されている分がなくなれば、誰かが新しい箱を開けなければならない。私も何度も指を切った。刃を外側に向けて使えという忠告を聞く前のことだ。何かアドバイスをしてあげようと思ったとき、オビーが一歩後ろに下がった。

大丈夫です。

返ってきたのは、そっけない言葉だった。

休憩室に薬箱があるわ。絆創膏を貼らないと。

私が一歩近寄ると、オビーはもう一歩後ろに下がった。

大したことないですから。

私は黙って、トイレットペーパーを巻き取って渡した。オビーはそれさえも拒んだ。

大丈夫です。ほんとに。

そう言うと、そそくさと出ていってしまった。

そんなわけで、みんながオビーを面白く思わないのには理由があった。どう言えばいいだろう。オビーは人をはね付ける空気のようなものをまとっていた。ここまで、と線を引き、その境界を必死で守っているように見えた。それが何であれ、誰かが近寄ろうとした瞬間、ぶんぶん首を振った。そんな反応が人々を退かせ、萎縮させ、余計なことをしたと後悔させるとは思いもしないようだった。

オビーは終始、鉄製のラックを見上げるか、床を見つめながら歩いた。常にイヤホンを挿していて、誰かの挨拶や問いかけを聞き逃すこともあった。食事のときはいち早く済ませて出ていくか、みんなが出ていったあとの部屋でご飯を食べた。人と目を合わせておしゃべりする姿はほとんど見かけなかった。

オビーはそこにいるかと思いきや、いつの間にか消えていた。

どこだろうと思って捜すと、いつも作業場に戻っていた。巨大なラックの合間を足早に行き来しているか、作業台の近くで何かしていた。みんなが休んでいるその時間に、箱をサイズ別にまとめ、カートから本を取って梱包していた。作業台の下のほこりを掃き、みんなが所構わず投げ捨てた紐と包装紙を集めて、そっと捨てに行くこともあった。ある日は、トイレの洗面台で何かごしごし洗っていた。それが犬小屋の前の水入れだということは、あとになって知った。そんなことに気を遣って何になるんだろう。そう思ったけれど、ともあれ誰も知らないあいだに、オビーのひたむきさとまめまめしさは、誰も気にしない小さな犬小屋にまで及んでいた。

うちはどこ？

一度、みんなが示し合わせたように、オビーを囲んで質問攻めにしたことがある。午後四時からの二十分のおやつタイムで。先陣を切ったのは、オビーのチームのリーダーだった。

これ、取ったら？　他の人たちと話くらいしたらどうなの？

近づいてオビーの耳からイヤホンを取ったのは、私のいるチームのリーダーだった。リーダーはおおむね、年配の女性だ。三年。五年。十年以上勤めている人も多かった。自販機の前でメロンパンを少しずつちぎって食べていたオビーが顔を上げた。困惑している顔だった。

年はいくつ？

オビーは黙って、食べかけのパンを包装紙に戻し始めた。ビニールが、がさがさと大きな音を立てた。私はストローの端をぎりぎり噛みながら、少しずつ牛乳を飲んでいるところだった。そうしながら、オビーの様子を横目でうかがっていた。オビーはパンを戻し、袋の口をしっかり閉じた。そのあいだも、大学生？　卒業してるの？　一人暮らし？　両親は？　きょうだいは？　長女？　出身は？

学校は？　という質問が続いた。

みんなと話くらいすればどう？　短期で入ったの？　だからそんなふうなの？

誰かがさらに付け加えた。

とにかくさあ、一緒に働いてるんだから、もう少し仲良くすればいいじゃない。

一見やさしく親切にアドバイスしているようにも見えたが、オビーの表情は芳しくなかった。笑おうとしてもうまくいかないようだった。人々はかまわず、一人、また一人と加勢していった。しまいにはオビーを取り囲み、意地悪な冗談を言い合って笑い者にしているように見えた。やりすぎのようにも思えたが、かといってオビーの味方になる気もなかった。あんなふうに押し黙っていれば相手を刺激するに決まってるじゃない、そう思ったからだ。オビーがしたことと言えば、牛乳パックの角をいじることぐらい。それが全てだった。

その後も似たような場面が何度かあった。

興味や好奇心のレベルに留まっていたみんなの口調は、非難や叱責のように感じられることが多くなった。知らない人の目には、オビーが何かとんでもないミスを犯したものと映りそうなくらいに。

色々大変ね。

でも、私もさして変わらなかった。事が終われば、どっちつかずの曖昧な言葉をかけるだけ。仕事が終わり、シャトルバスを待っていたときだ。みんなは寄り集まって和気あいあいとおしゃべりをしたり、タバコを吸ったりしていた。停まっていたシャトルバスのヘッドライトが一斉に点き、エンジンがかけられた。エンジン音のせいで、思わず大きな声が出た。

疲れるでしょ？

バスに乗り込む人々の後ろ姿が見えた。

何がですか？

ポケットからイヤホンを取り出しながら、オビーが訊き返した。近寄ると、その分また後ずさった。

私は言い方を変えた。

話したくないの?

オビーを責めたりなじったりするつもりはなかった。でも、ここまで人の好意や親切、配慮、関心といったものを意味のないものにしてしまうオビーの態度に、もどかしさを感じていた。ささいな好奇心と疑問を膨らませるばかりで、しまいには本人にも相手にも手に負えない状況をつくってしまうのも気に入らなかった。

少し話さない?

ずいぶん経ってから、オビーが答えた。

話すことなんてありません。

そう言うオビーの声は、よどみなかった。その瞬間は、本当に、普通の人のようだった。何か言えない事情があるか、心に大きな傷を負っているか。退屈しのぎにみんなの口に上るそんな当て推量とは無関係の人に思えた。

これといって話すこともないんです、本当に。

そしてオビーは実際、何も言わずに仕事を辞めてしまった。

新学期が始まったころだった。毎日のように教科書や参考書、問題集の注文が殺到していた。連日、夜間まで作業が続いた。八時半までに出勤し、朝礼が終わると仕事に入り、三十分で昼食を摂り、再び仕事。おやつを食べてまた仕事、三十分で夕食を済ませ、またもや仕事。十時に退社して十一時ごろに寝ると、いつの間にか再び仕事の日を迎えていた。

辞めたいという思いが頭をもたげていた。初めから長く勤めるつもりなどなかった。数カ月の予定だったし、すでに三カ月を過ぎていた。今日言おう、明日言おう、金曜日には、来週こそ、という具合に延ばし延ばしになっていた。ようやくチーフのもとを訪れると、先客がいた。その背中に隠れ、チーフの顔は見えなかった。それでも、どこかものすごくピリピリした空気は感じ取れた。やむを得ず、二人の話が終わるまでドアの外で待つことになった。

お互いに少しずつ気を付ければいいことだろう。ミスが多いじゃないか、このところ。

チーフの声が聞こえた。

私のミスじゃありません。

抑揚のない声が答えた。

まだ若いのに、どうしてそんなに強情なんだ。誰のせいとは言ってないだろう。穏やかに話し合いで解決しようとしてるんじゃないか。

強情なわけじゃありません。私のミスじゃないんです。

しばし話が途切れたかと思うと、静かに諭すチーフの声が漏れてきた。なだめるような低くやさしい声は、徐々にとげとげしい怒鳴り声に変わっていった。相手は何の反応もない。沈黙が始まり、長引き、ついにドアを開けて出てきたのはオビーだった。どことなく立ち聞きしていたような格好だったため、状況を説明しようとしたが、オビーは目も合わさずに立ち去ってしまった。

どうした、お前も辞めるのか？

チーフは私を見るなりそう言った。オビーのせいだった。オビーは早朝に電話をかけてきて、辞めると言ったそうだ。ひとまず出てくるように言うと、出社するなり事務室にやってきて、辞めるの一点張りだったという。

理由は何ですか？

チーフが顔を上げ、こちらを見た。お前もわかってるだろう、と言いたげな眼差しだった。注文が増えれば、当然ミスも増える。宛て先を間違ったり、入っているべき本が抜けていたりすることもあった。余計にもらった人は何も言わないが、足りなかった人からは苦情が絶えず、大きな損害につながった。五人一組で働いていたため、誰がどんなミスをしたのかを突き止めるのはむずかしい。それなのに、みんながみんなオビーのせいにしているようだった。

違うと思いますよ。あの子、仕事はできたじゃないですか。

そうつぶやくと、チーフは苛立たしげに言った。

仕事ができりゃそれでいいってのか？　ばか言うな。

腑に落ちない顔でいると、チーフがまた言った。

一日中仕事することが仕事ができるってことじゃない。仕事だけしてりゃいいってのか？

仕方なく、私はもう一週間働くことにした。あと一週間だけ。でも、忙しい時期が過ぎ、一日、二日と過ぎるうち、ひと月が経っていた。チーフはしつこく私を引きとめた。一年続ければリーダー、さらに続ければチーフ、その後はさらに昇進できるというのになぜ辞めるのかと言うのだった。うちには君みたいな若い人が必要だ、この仕事は君が思っているよりはるかに給料もいい、そんなことを言っていたのを覚えている。言われたとおり、昇進し、給料が上がっていくうちに、リーダーやチーフのようにここで老いさらばえてしまうのは目に見えている。ひと握りの日向さえないこの巨大な倉庫をぐるぐる回りながら、人生を無駄にしたい気持ちは少しもなかった。とにかく、もっとましな仕事を見つけたかった。

そろそろちゃんと就職しようと思いまして。

最終的にそうとどめを刺した。オビーのことはすっかり忘れていた。連絡先を交換したこともなければ、またどこかで会いたいとも思わなかった。二度と会うことはないだろうと思っていたら、数週間後、嘘のように出くわした。一週間単位で働ける、日用品の倉庫で。

オビーは停められたフォークリフトのつめに腰掛けて、紙で包まれたガラスコップを調べていた。不良品をはねるのだ。すぐそばを、二台の大きなフォークリフトが絶えず行き来していた。箱が詰まれたプラスチックパレットを、必要な場所に正確に運ぶ作業だ。ピー、ピー、という警告音が遠ざかってはは近づいてくる。

あれ？

私が言うと、オビーが顔を上げた。それだけだった。今度も私のほうから近づいて、大声を出すかたちになった。フォークリフトのエンジン音のせいだった。久しぶり。いつから？　あそこはどうして辞めたの？　そんな質問には一切答えず、オビーはこうつぶやいた。

ずっとあそこで働いてるものと思ってました。

私は思い切ってカートを片側に寄せ、オビーのそばにしゃがんだ。どうせ一週間限りの仕事だ。その後は顔を合わすことのない人たちだった。何か言われたら、すぐに持ち場に戻って真面目に働いているふりをすればいい。私はこんな話をした。こういう仕事はお金がないからやっているだけ。どこまでも一時的なものだ。こんなの、私が本当にやりたい仕事じゃない。就活の準備だってしている。オビーは私の話などろくに聞いていないようだった。なぜか笑われている気がして、振り向くと、ひびが入ったガラスコップをしげしげ眺めながら、わかるようでわからないような顔をしていた。

退勤後、私は帰宅するオビーのあとを追った。いつの間にかそんな格好になっていた。シャトルバスはどこでも長期で働く人のためのもので、短期の人たちは自力で帰らねばならなかった。倉庫を出て歩いていたとき、イヤホンを挿して歩いていくオビーの後ろ姿が見えた。

バス？　家はどの辺？　遠いの？

ずいぶん経ってから、オビーは、自宅はここから遠くないと答えた。それを聞くまでに、同じ質問を何度もくり返したあとだった。私たちは木材、パルプ、ビニール、製紙、リサイクルなどの文字が刻まれた建物を順に通り過ぎた。彼方の山すそに捨てられたコンテナの上に夕陽が沈んでいく。どれもおもちゃのように小さく見えた。その気になれば、一挙に何個もつかんでぽーんと投げてしまえそうだった。貨物トラックが数台、列になってやってくると、もわっと黄色いほこりが立った。そのたびに道路の端によけるという動作を何度くり返したかわからない。やっと二車線の国道が現れ、道沿いの小さなバス停には人々が群がっていた。気まずく、よそよそしく、疲れた空気のその中に混じろうという気にはなれなかった。

無言でバス停を過ぎていくオビーに付いていくうち、ふと、ご飯でも食べようか？　という言葉が口をついて出た。歩いても歩いても店はなく、やっと向かい合って座ったのは、貨物トラックの運転手や整備所、工業所の社員が利用する小さな店だった。鉄製の丸テーブルに着くと、厨房から店主が出てきて鉄板をセットし、肉を運んできた。
ここからもう少し行くと羅老号《ナロ》［ロシアと韓国が共同開発した人工衛星打ち上げロケット。二〇〇九年から二度の失敗を経て、二〇一三年に打ち上げに成功した］の発射場があるんです。ロケットが発射されるときはね。真夜中なのに真昼間みたいに明るいんです。地面がぐらぐらして。壁が震えて。窓も熱いんですよ。何時間も。そこへ行けば、今も宇宙センターが残ってます。

私は肉をつまみ、ビールを飲みながらオビーの話を聞いた。初めて聞く話に、私はたびたび、うそ？　本当？　それで？　と訊いた。するとオビーはここでもしばらく間を置いてから、私が聞いたこともない話をするのだった。やがてオビーも私も、自分が何を話し何を聞いているのかわからなくなった。いつの間にか、二人とも酔ってしまったに違いなかった。

翌日起きてみると、かばんの中からくしゃくしゃになったタクシーのレシートが出てきた。丸まったティッシュにガムのボトル、何を書いたのか判然としないメモ、歯ブラシ、折り畳み傘まで取り出しても、財布は見当たらない。かばんを逆さにして振り、隅々まで何度確かめても、財布だけがなかった。急いでカード会社に紛失の旨を伝え、利用明細を照会し、身分証を発行し直してもらううちに、出勤時間をとっくに過ぎていた。バスで向かうあいだ、もしや財布をタクシーに忘れて降りたか、どこかに置き忘れてきたか、オビーが持っているかもしれないという思いが頭を駆け巡った。余計な疑いや不信の念にとらわれないよう、終始それ以外の仮定を思い描くことに集中しなければならなかった。倉庫の前に着いたのは、お昼時だった。

オビーの姿は見えなかった。

私は急いでGエリアに入った。昼食タイムが終わり午後の作業が始まっても、オビーは現れなかった。私はカートを押しながらオビーを捜し歩いた。仕方なくそんなかたちになった。ぼうっと立ちつくしてフォークリフトにぶつかられそうになったり、開けてはいけない箱を開けたり、間違った品を持ってきたり、わけもなく三階と四階を行き来したりした。用もないのにトイレの前に佇み、中をのぞいてもみた。そうして仕事が終わると、まっすぐ事務室に向かった。オビーの連絡先を尋ねるために。

君ねえ、ここで働いてる人がどれだけいるかわかってるの?

ドアを開けて現れた人事担当は、いきなりそんな質問を浴びせた。不満げな様子だった。財布をなくしたのだが、ひょっとしたらオビーが持っているかもしれない。もごもごと事情を話しかけたとき、担当者はまたも言った。ここの一日の注文量がどれくらいかわかってる? ここで扱う品数の種類を知ってる? 一日の売り上げがどれくらいかわかってる? 君ね、わかってる? わかってるの? 質問は、わかっているかどうか、それだけだった。私が黙っていると、彼は、明日から出てこなくていいと言った。まだ何か言い残したことがあるのか、唇を動かしながら長いあいだ私を見つめたのち、ドアを閉めて引っ込んでしまった。

それで終わりだった。

その後、私はいくつもの就職サイトを開いておいて、それを尻目におかしな動画を見たり、くだらない記事を読みながら夜を過ごした。一日は長いようでも、一週間はあっという間に過ぎた。ぼんやりしていると、一瞬で四十になり、五十になって、どこにも雇ってもらえないほど老いてしまいそうだった。さすがにそろそろ、きちんとした仕事が必要だった。

仕事を探さなきゃ。

そう思いつつも、投げやりな気持ちでマウスを動かし、次々に現れるウィンドウをたどるうちに、はるか遠くまで来てしまっていた。ふと気が付いたときには、思ってもみない場所にぼんやりと立ちつくしていた。それでも、そんなふうにオビーのいるところにたどり着くとは思ってもみなかった。そこは、たくさんの人々が個人で生配信をしているサイトだった。いつ、どこからでも、その気になれば配信でき、誰でも視聴できた。

最初に目に入ったのは巨漢の男だった。彼はまな板にうず高く積まれた何かをスプーンですくって食べていた。パンか蒸し肉かと思いきや、ポンテギ［蚕のさなぎをゆでたもの］だった。ポンテギを嚙み、飲み込む音がリアルだった。汚らしく、ぞっとしたが、なぜか目が離せない。どういうこと？　と見続けるうちに、嘘のように数時間が過ぎていた。

何してんの？　つーか、あんた何者？

悪意に満ちた人々が吹っ掛けると、彼は言った。

ポンテギを食べる人。

口を開いて咀嚼中のポンテギを見せながら。そんな人たちばかりだった。特に週末の夜は数百、数千ものコンテンツが、注目を集めようと夜通し流れた。コンテンツ配信といっても、ほとんどはコンテンツが聞いてあきれそうなレベルだ。ほとんどの人が、せせこましい部屋をバックに顔を突き出して座り、何の理由も目的もないことに没頭して時間をつぶしているのだった。

こんなものでお金が稼げるとは驚きだった。

不思議で、面白いけれど、何と言うか、不愉快だった。星一つで百ウォン。十個で千ウォン。十人が十個ずつなら一万ウォン。百人が百個なら百万ウォンになるのだ。それで家を買い、車を買い、店を出し、ビジネスをしてはいけないいんじゃないか。そんなことを考えちゃいけないいんじゃないか。仕事をすべきじゃないか。そんなことを思うと、他の人たち同様、歯止めが利かなくなった。どこにでも首を突っ込んでは追い出され、こちらからもあちらからも追い出されるというのが、そのころの夜の日課だった。

そんなとき、ふとオビーという名前を見つけたのだった。オビーは、物流倉庫の前庭につながれていた犬の名前だった。オビー、オビー。時折、犬小屋の前にしゃがんでオビーを呼んでいたのを思い出す。どうしてそんな名前をハンドルネームにしたんだろうと思って見ると、オビーだった。犬のオビーじゃなく、人間のオビー。黙って姿を消したあのオビーだった。

どれだけ追い詰められていれば、他人の前に顔をさらす生配信などやろうという気になるだろう。でも、他の人のように星を送る気にはならなかった。こんなのは仕事じゃないし、こんな稼ぎ方は反則だ。何より、私の知っているオビーはこんなもので儲けようとする人間じゃない。だって、オビーは一生懸命働くことを知っているし、一生懸命働くべきだということをよくわかっている人じゃないか。

画面の中に座っているオビーは口をつぐんでいた。挨拶を投げられ、何か問いかけられると、やっともごもごと短い言葉を吐いたが、話術で人を引き付けておく才能など露ほどもなかった。一日も欠かさず配信していたが、人々を呼び込むほどの顔やスタイルはおろか、ユーモアやウィットさえ持ち合わせていない。珍しく飛び込んできた人がいても、すぐに離れていくのが常だった。

この人何？　何の配信？

人々は何度かそう尋ね、すぐに退場してしまった。もう少し辛抱できる人は、何かあるだろう、何か始まるだろうと待ち続けた末に、人身攻撃でオビーを刺激することに熱中した。私はオビーではなく、オビーの肩越しに見える背景に見入っていた。壁際に置かれた本棚や、Tシャツの掛かったいくつかのハンガー、四角い鏡、アコースティックギターなんかをゆっくりと眺めた。部屋はこぢんまりして見えた。ドアの取っ手や壁紙は古びて見えたが、よく整頓されているように感じられた。でもそれらを全て見終わると、他の人のように退屈し始めた。

何でもいいからやってよ。

そんな言葉を投げたように思う。

実は、それは私が言われた言葉だった。何カ月も面接に明け暮れていた私は、先輩の紹介で小さな貿易会社に入った。会社と言っても、おんぼろビルに間借りしている十坪ほどのオフィスだ。以前あった旅行会社の看板をそのままにしていたため、迷路のようなビルの中をさ迷い続けてやっとたどり着けるような場所だった。ともかく先輩は、自分がいないあいだだけ、という但し書きを付けた。

でもわかんないわよ。バリバリ頑張れば。

そんな含みを残されたものの、実際に行ってみると何をすればいいのか言ってくれる人は一人もいなかった。お互いに私を押し付けようとしているのは明らかだった。そのため私は、一日中パーティションの影に身をこごめて、他の人たちのように一生懸命働いているふりをした。働くより、働くふりをすることのほうが何倍も疲れた。

あのう、私は何の仕事をすればいいんでしょうか。

数日経ったころ、とうとう隣の席の人に救いを求めたのだが、相手は気まずい表情を浮かべた。

ここに働きに来たんでしょう？　だったら何でもやらなきゃね。

さも思いやるように言い放つと、そっぽを向いてしまった。自分の面倒は自分で見ろということだ。

もちろん、仕事がまったくないわけではなかった。でも、切手を貼り、郵便物を送り、住所録をまとめ、備品を買い足す作業は、長くても一、二時間で事足りた。いくつもない鉢植えに水をやり、ゴミを捨てる作業はなおさらだ。そういった仕事をいくら長引かせても、一日を埋めることはできなかった。私は意気消沈し、気後れし、不快になり、しきりに怒りが込み上げた。

ぐるになって人を笑い者にしようとしているとしか思えなかった。

そう思うと、すぐにでも辞めたかった。そこで私が日がな一日していたのは、そんな衝動と怒りをじっと抑え込むことに他ならなかった。それらの感情は、時を問わずに湧き上がった。何はともあれ、私は知らんぷりをするすべを学ばなければならなかった。けっきょくは、少し離れたところから、笑い種《ぐさ》になっていく自分自身を他人事のように見物するしかなかった。

退勤後は習慣のようにオビーの生配信を見た。

ある日オビーは、上着を脱ぎ、サングラスを掛けた姿でモニターの中に立っていた。本棚のあった場所が空っぽになっていた。壁は得体の知れない奇妙な落書きで埋まっていた。コチュジャンなのか赤い絵の具なのか、何かわからないもので大きく書かれた彼女の名前以外は到底読めなかった。

みなさん、みなさんが、みなさん方が。

オビーの口からつと、そんな言葉がこぼれた。視聴者数が一気に増えた。オビーは大きな身ぶりで割り箸を割り、床に置かれた料理を紹介した。ジャージャー麵、チャンポン、焼き飯、うどん、酢豚という安価な中華セットだった。オビーは画面の上段にタイマーをセットし、それらを一気に食べ始めた。わざわざマイクの近くに口を寄せて、くちゃくちゃ咀嚼音を立てた。何と言えばいいだろう。そんなときのオビーは何かを食べている人というより、食べることを生業としている人のようだった。口いっぱいに含んだ食べ物が何度も口からはみ出した。一人、二人と参加者が増え、チャットルームにはアクセスが集中した。コメントがどんどん上へと流れていった。

四皿をきれいに平らげたころ、星が浮かんだ。初めは一つ、二つだったが、やがて十を超えると、たちまち百、二百、三百を超えた。オビーは食べる手を止めて床に手をつき、ありがとうございます！　と大声で言った。口から食べ物が飛び出すのがはっきり見えるほどだった。

そして私は、いつの間にか画面を閉じていた。

情けなかった。だが画面が消え、静かになった部屋にぽつんと座っていると、次第に説明しがたい気分になってきた。何なのあれ。あんなのでお金を稼ごうとするなんて。それでいいんだろうか。稼げるんだろうか。いくら？　いくらぐらい？　そんな必要はないと思いながらも、私はひっきりなしに計算していた。自分の部屋に出前を頼み、それを食べる対価としてオビーが数時間で稼いだお金と、今後稼ぐだろうお金をカウントしていたのだった。

一度など、常務の子どもを小学校に迎えに行ったこともある。外回り中に、子どもの調子が悪いという連絡をもらったというのだ。ともかく家まで送るだけでいいから、という頼みだった。とんでもなく蒸し暑い日だった。学校は、幅の狭い急な坂道をしばらく上った所にあった。運動場の砂が宙に浮かんで、煙のごとく揺らめいているような錯覚を覚えた。まっすぐ教務室へ向かい、子どもの名前と学年を伝え、状況を説明しても、誰もその子を知らなかった。常務とは連絡がつかず、ずいぶん経ってから電話がつながると、彼はかえって私に腹を立てた。そこではないと言うのだ。ちゃんと教えたのにどうしてこうなるんだ、こんなことなら最初から引き受けなきゃいいだろう云々と責め立てた。

似たようなことはその後も続いた。

誰もが口では頼むと言いながら、当然のように人をこき使った。私はいくつか先の停留所にある図書館に足を運んで、貸し出し期限を過ぎた本を返却した。注文書と領収証を手にデパートを何カ所も回りながら、サイズの合わない服と靴を交換した。レッカー移動された車を取りに、一時間以上地下鉄に乗って保管場所に赴いたこともある。ひどすぎる、と思ったが、まあいい、と受け流した。何はともあれ、こうしてみんなの頼みを聞いてあげているうちに距離も縮まるだろうし、そうすればちゃんとした業務を任せてくれるはず。仕事らしい仕事ができるはず。そう思っていた気がする。

ある日曜の夜、生配信を見始めたときだ。

オビーは路上にいた。携帯電話で配信しながら、徒歩でどこかへ向かっていた。人々が、どこに行くの？　何しに？　と訊いても、オビーはひたすら前へ、前へと歩いた。オビーは狭い路地を抜けると、ライトを点け、作業中の工事現場を通り過ぎた。やっと立ち止まったのは、小さなバス停だった。

そのとき、私の携帯が鳴った。社長だった。

今出てこられるかな？　ちょっと困っててね。

　電話に出るなり、社長の大きな声が聞こえた。今すぐ出てこいという意味だった。オフィスにですか？　と訊くと、別の場所を言われた。とにかく早く来てくれという頼みだった。大急ぎで服を着替えて家を出た。急がなければとタクシーをつかまえ、運転手を急かし続けた。着いたのは高層ビルが立ち並ぶ繁華街だった。どこもかしこも人だらけで、まっすぐ歩けないほどだった。社長に言われたとおり、大きな建物を見つけて裏に回ると、飲み屋が並ぶ路地に出た。たくさんの看板の明かりで辺りは昼のように明るく、地面を覆う派手な色のビラで目がちかちかした。

　やっと社長が現れた。同年輩とおぼしき男の人を三、四人連れていた。そのうちの一人と肩を組んでよろめきながらやってきた社長は、私が誰だかわからない様子で、長いあいだ目を細めて私の顔をにらんでいた。私は黙って待った。酔いに任せて使いやすい社員を呼び出し、酒を酌み交わしながら時間をつぶしたいこともあるだろう。私は自分に言い聞かせていた。和やかな空気の中で、自分の業務について質すチャンスもあるかもしれない。そうすれば、オフィスでの冷淡な反応ではなく、何か具体的な答えやわかりやすい説明を聞くことだってできるかもしれない。うまくいけば、明日からやっと、業務と呼べるものが与えられるかもしれない。そう、そんな期待がまったくなかったわけではなかった。私は社長の支離滅裂な話を理解しようと努めた。でも社長は、あとの人たちを私に押し付けるようにして、タクシーで去ってしまった。とにかく家まで無事に送り届けてくれ、それがその日、私が聞き取れた唯一の言葉だった。

　私は、オビーが薄暗い建物の近くをうろついているのを携帯の画面で見ていた。二人を順に家の前で降ろし、残りの一人をタクシーで送り届けているところだった。道は渋滞しており、トンネルに入ると、赤いテールランプが果てしなく続いていた。私はずっと携帯をもてあそんでいた。画面の中で、煌々とした明かりや、長い影法師、引きずるような足音、熱い吐息などがごちゃごちゃに入り乱れた。酔いそうだった。けっきょく、吐いたのは後部座席にいた人だった。走っても走ってもゴールは見えず、私は開いた窓から流れ込んでくるばい煙を吸い込みながら、運転手の恨み節を聞かねばならなかった。

トンネルを抜けると、すぐに車を止めた。眠りこけている男を引きずり降ろし、ポケットをまさぐって財布を取り出した。中にはたんまりと現金が入っていた。今日はこれ以上商売できなくなったし、シートは替えなきゃならないわ匂いはひどいわと喚いていた運転手は、財布からお金を抜き取って渡すと、あっさり去っていった。

タクシーが行ってしまうと、私はただちに踵を返し、まっしぐらに歩いた。片手に財布を握ったまま。コンビニを見つけると、缶ビールを二本、一気に飲み干した。そのあいだに、何か熱くて固いものが私を焚きつけて去っていくのがはっきりと感じられた。その衝動は、自分の中の何かを破り、壊し、粉々に砕くまで絶対に治まらない気がした。そんな予感が、確信が、ますます鮮やかになっていった。そしてこんなときなら、何でもやらかしてしまえそうだと思った。それが何であろうと関係なく。

オビーがやってきたのは物流倉庫の前だった。明かりの消えた倉庫に向かって、オビーは矢継ぎ早にまくしたてた。ここがその宇宙センターで、人工衛星が打ち上げられた場所。世界中から記者が押しかけて、夜は真昼のように明るくて。地面がぐらぐらして、窓が熱くて。バーカ。ほざいてろ。私は指で、相手をこきおろすようなひどい言葉を打ち続けた。星が浮かび、もう一つ浮かび、連続で浮かんだ。私の言葉はどんどん上に押しやられ、見えなくなった。オビーの顔はみるみる明るくなった。本当はあんたが私の財布を盗んだんだ、あんたのやってることは全部嘘っぱちで、あんたはそんなやり方で金を稼ぐような人間だ、私はそんな言葉を吐き続けた。

けっきょく、できることなど何もないのだと思った。

その夜私が最後に見たのは、オレンジ色の街灯の明かりに照らされた鉄扉の前に、ぽつんとうずくまっているオビーだった。いや、道路脇に腰掛けて、明るい画面にじっと見入っていた私だったのかもしれない。ともかく、そこへ駆けつけてオビーの胸ぐらをつかみ、財布の行方を問いただして、そんな生き方をするんじゃないと責め、罵声を浴びせたかったけれど、そうできなかった。財布をどうしたのかと訊けば、本当に何も知らなそうな無垢な顔で、自分は知らないと白を切るに決まっていた。あるいは、道が混んでいて、よりによってそのときあの人が吐いたのだ云々と人のせいにするだろう。あきれた言い訳をしながら許しを請うかもしれない。はたまた、全て自分のせいで本当に済まなかったと、心にもないことを言いながら平謝りするのかもしれない。平謝りすべきだろう。ともあれ、違う、間違ってる、こんなのってないじゃないかと譲らなかったオビーはもういなかった。

道路沿いに歩き、陸橋を渡り、大きな橋の上に出た。手すりにもたれて波打つ川を見下ろす人々が見えた。ずっと路上をうろついていたオビーの姿は見えなかった。欠けた塀と黒い屋根、黄色い明かりが入り混じったかと思うと、いつの間にか配信は途切れていた。いくら待っても、もう始まらなかった。私は手すりに体を預け、真っ暗な川を長いあいだにらんでいた。この全ての原因がオビーにあり、オビーのせいだと思うと、ただちに見つけ出して怒りをぶちまけたかったけれど、そうできなかった。湿った冷ややかな風が吹いてきた。私は辺りを見回しながら、そこに立ちつくしていた。前に進み続けるのも、後戻りするのも、気が遠くなりそうだった。どちらへ向かえば、少しは近道できるだろう。すぐに橋を抜けられるだろう。どうせそんな手などありはしない。そんな気がした。私は歩き始めた。

アウトフォーカス

「おばあちゃんをあんなところに埋葬するんじゃなかった」と、母は涙を滲ませた。「お墓をあんなところに作ったばっかりに」母は鼻をチンとかんでため息をつくと、「あんたもそう思うでしょ？」と問いかけた。僕は、手の平サイズのフェルト生地の上に数字の8を貼ろうとしているところだった。母の両目が涙で濡れていた。今さらまたどうして。祖母が亡くなったのはもう十年以上も前のことだ。「うん？」僕は黄色いフェルトの上に黒色の8を置き、ホッチキスで止めた。パチンパチン。「あの世に行っても成仏できないで、まったくこんな親不孝ってないわ」母はティッシュで涙を拭いながら、そこかしこに散らかっているフェルトの切れ端を一瞥した。そうして、

「やっぱりそれ、糸で縫い付けたほうがいいかしら？」

と言いながら、僕と目を合わせた。母の顔は汗と涙が入り混じり、紅潮していた。僕は、カタカタ音を立てながら回転している扇風機を母のほうに向けて固定した。

この二十年間、母は通信会社の相談員として働いていた。そのため、時には家で電話に出るときも、「はい、お客さまセンターでございます」

と言って、まったく私ったら、と照れ笑いすることがたびたびあった。母は多いときは一日に百五十通、少ない時は九十通ほどの電話に応対した。主に電話を新しく設置するとか、通話に問題があるとか、加入している付加サービスの料金内訳を照会するといった相談だったが、中にはあきれた問い合わせも多かった。十年前の自分の電話番号を教えてくれだの、自分の代わりに妻に電話をしてくれだのと頼む人もいた。

「俺が誰かわかってんのか？　俺が誰だかわかってんのかって訊いてるだろう！」

受話器を持ったまま何分も喚き散らす人がいるかと思えば、

「お前、家はどこだ。人を馬鹿にしやがって。ただじゃおかないぞ」

と、日課のごとく強迫してくる輩も多かった。そんな日は、母はなかなか眠りにつけなかった。会社に遅れることがあってはならないので、頭痛薬をひと粒、またひと粒、もうひと粒と噛み砕きながら、夜を明かすこともあった。「まさか、クレーム入れたりしないわよね」母の口の中で白い錠剤が砕けるたびに、カリカリという音が波紋のように広がっていった。

母が再び薬を噛み砕いたのは、母方の上のおじから電話がかかってきた直後だった。夕方近くのことで、受話器を取った母は「はい、お客さまセンターでございます」と言ってから、まったく私ったら、と失笑した。おじはつられて笑っている暇などないとでもいうように、すぐさま本題に入った。

「道路が敷かれるらしいんだ。母さんのお墓のところに」

「道路が？　お母さんのお墓のところに？」

「ああ、道路ができるんだよ。今週中にどうしてもお墓に行ってみないといけないから、時間空けといてくれ。頼んだぞ」

　要するに、祖母の墓がある場所に二車線道路が敷かれるというのだ。おじは、急いで墓の移転準備をしなければ補償金をもらい損ねるかもしれないと心配していた。そして「他のきょうだいにも知らせなきゃならないから、詳しいことは会ったときに話そう」と言って電話を切った。母は片手に受話器を握りしめ、もう片方の手で胸をさすった。「薬を飲んだほうがよさそうだわ」とつぶやいたのは、しばらく経って受話器を下ろしたあとだった。家の中には、拾ってきた段ボール箱や色別に買いそろえたフェルト生地、はさみやカッターナイフ、ホッチキスや裁縫道具などが散らかっていた。母は口に水を含んで、細かく砕けた薬を一気に流し込むと、

「時間を空けろって言われてもね。出勤しなきゃならないのに」

と、ため息をついた。僕は黄色いフェルトの上に黒い数字を貼りながら、母の顔色をうかがった。母は眉間にしわを寄せ、考えあぐねいていたが、

「そこ、0と9がちょっとずれてるんじゃない。もうちょっとこっち。もう少し」

と言いながら鼻をかんだ。生まれて初めて作る携帯電話は、なかなか完成のめどが立たなかった。

　国営企業だった母の会社は、幾度もの合併や吸収を経て民営化された。そのあと、経済的かつ効率的な経営を口実に大々的な人員削減を行ったのだが、解雇されたり自主退職をする人が最も多かったのが、他でもない、母の働くお客様相談センターだった。そこだけ歯が抜けたあとのような空っぽの机は、秩序や順序などおかまいなしに増え続けていると母は不安がった。「それでも踏ん張るの。歯を食いしばって何としてでも耐え抜くわよ」二百通以上の相談を受ける日もあった。だが三年間の辛

抱も空しく、他の人たちと同じように解雇されたのだった。解雇の理由は、業務不履行と業務能力の喪失だった。問題は、解雇理由説明書に明示されていた業務が、二十年間母が行ってきた相談業務とはまったく畑違いの内容だったことだ。

「何かの間違いよ。きっと何かの手違いに決まってる」

母は箱の底に穴を開け、ひっくり返して頭からかぶった。僕は、腕が楽に動かせるように箱の側面に大きな穴を開け、他の箱をつぎ当てた。母はまるで、ブリキの胴体に腕や足をはめ込んだ安っぽい空き缶ロボットのようだった。だらだらと汗を流しながら立っているロボット。

「じゃ、次は画面を付けようか」

母は、段ボール箱で作った携帯電話をかぶって本社の前で一人デモをすると言った。一人デモなんて。そもそも、「一人」と「デモ」という言葉は釣り合うものなのか。ともかく、一緒に抗議デモをしていた人たちはみな脱落してしまい、母一人だけが残ったようだった。チーフのカンさんや主任のイさんをはじめ、ミヨンさんやスジンさんなど全員が。僕は一度も会ったことはないが、彼女たちの食べ物の好みや細かい仕草に至るまで、全てを知りつくしていた。なんとなく裏切られたような気がした。

「あの人たちは参加する資格もないわ」

母は平然と言った。そんなことだろうと思った、とでもいうように。僕は、鏡の前で色んな角度からチェックしている母を見上げた。鏡の中の母と何度も目が合った。

「じゃ、残ったのは母さんだけってこと?」

「自分の持ち場を守るのって、本当に大変なんだから」

一人デモなんて誰にだってできるし、珍しいこととも言えないだろうが、注目を浴びさえすればきっと何かが変わるに違いないと、母は内心期待している様子だった。会社の前から道路のほうを眺めると、暗いビルの影でスローガンを叫んでいる人たちをぽつぽつ見かけるのだと言う。発泡スチロールで作った壺を頭に載せた男性や、模型のイルカにまたがった女性、子牛のお面をかぶった青年が現れたりもするのだと。そういった格好をしていると、通りすがりに二度も三度も振り返って見てしまうのだそうだ。だから母にも何か決め手になるものが必要だった。遠目からでもひと目でわかり、そのために三度も四度も人を振り返らせる、衣装や小物レベルではなく、体にぴったり合った巨大な携帯電話のようなもの。そしてそういうものは、ぱぱっと作れるものではなかった。

「ジュホ、あんたコンビニの仕事一日だけ休めない？　これ作るの、私一人じゃとうてい無理だわ」

どうせ一日ぐらい病気で休んでも、社長はすぐに代わりを見つける人だ。だから、一日だけという条件で休ませてもらったのだった。僕はフェルトで作ったロゴをはさみで切り抜いた。そして、母がかぶっている箱の上に会社のロゴを当ててみた。

「これ、入れないほうがいいわよね？」

母は鏡をのぞきながらつぶやいた。

「いや、やっぱり入れようかな。何でもメーカーが付いてるほうがいいし」

ひと晩中ほとんど一睡もせず、母にぴったりの携帯電話を完成させたころ、電話のベルが鳴った。また上のおじだった。時折、受話器の向こうから紙をめくる音が聞こえてきた。おじはフムと言って、しばらく紙をがさごそいわせてから、用件を切り出した。

「ジュホか、お母さんに代わってくれ」

母はちょうど出勤の支度を終え、頭の上に箱を持ち上げているところだった。万が一壊れては大変だと、母はびくびくしていた。僕は手招きで母を呼ぶと、唇を大きく動かした。お・じ・さ・ん。

「兄さん、あとで私から連絡するわ。私、出勤しないといけないの」

母が箱の中に頭を突っ込みながら叫んだ。「あとで、私から電話するから」真っ暗な箱の中で声がワンワン響いた。僕は箱のほうへ受話器をぴったりくっつけた。「あとで、あとで電話するから」母は穴の外に頭を出そうと、必死にもがいていた。仕方なく、僕はおじさんに断りを入れた。

「今日、母さんのお墓に行くんだが、みんな来るそうだから、必ず来るようにと伝えといてくれ。ジュホ、お前でもいいから必ず来るんだぞ」

おじは時間と場所を明確な発音で伝えると、電話を切ってしまった。

「僕、仕事があるので行けそうにないんですけど」

と、僕がまだ言い終わらないうちに。誰だって一度ぐらいは体調を崩すだろうが、二度、三度と続けて病気になるはずがないということに気づいていない様子だった。二日続けて休めば、社長はきっと怒鳴りちらすこと間違いなしだった。箱の中から、

「可哀そうなお母さん。何でこんなことに」

と言う母の声が漏れてきた。母の頭は、穴にぴったりはまってなかなか抜けなかった。僕は箱を少し破ってやった。母の頭が箱を突き抜けて出てきた。真っ赤に上気した顔に汗が滲んでいる。

「今日、おばあちゃんのお墓に行くんだって」

母は携帯電話を頭からかぶったまま鏡の前に立った。大きな箱のせいで、母の体はしきりに鏡の外にはみ出してしまう。二、三歩下がってみたところで同じだった。母はポーズを変えながら、のそのそと身なりをチェックした。そして、しばらくしてからこうつぶやいた。

「そう言えば、お墓にはもう八年以上も行ってないわ。そう言わないで、ジュホ、あんたが代わりに行って来てくれない?」

「バイトはどうするんだよ」

僕は少し離れて立ち、母を眺めた。粗雑ではあったが、携帯はなかなかの出来栄えだった。母は、「そうよね、アルバイトがあったわよね」と言い、「でも、事情を説明したら休ませてくれるんじゃない?」と訊き返した。僕はけっきょく、首を縦に振ってしまった。とにもかくにも祖母のことなのだ。何より、箱をかぶって汗を流している母の頼みを断りきれなかった。「訊いてみるよ」僕は腕を直角に曲げ、母の真似をした。

「間抜けすぎ?」

母は苦笑いをしてから、再び鏡をのぞいた。鏡の中に戻って来た母は、唇をきゅっと結んだままニコリともしなかった。

いつのころからか、母の会社には名簿が出回り始めた。作った人もいなければ見た人もいないが、誰もが知っている名簿。名前の載った人はそれを知らず、名前の載っていない人だけが知っているという奇妙な名簿だった。名前の載った人が状況を把握しているあいだ、名前が載らなかった人は素早く動いた。みんなは、これといった指針があるわけでもないのに自ら学習し、立ち振る舞った。とかく名前が載らなかったのだから。これからも名前が載らないようにするためには、積極的に行動する必要があった。母は、名前が載った人たちと徐々に距離を置いていった。そうしながら、

「私って、すごく悪い人よね」

と、眠りにつく前に必ず僕と目を合わせた。ヨンミさんやウニョンさん、先輩のファスクさんやジソンさんが、みんなから遠く離れた席に座って一人で昼食を摂り、他の人たちの後ろ頭を長いあいだぼんやり眺めていたり、挨拶を返してくれる人がおらずその場に立ちつくしている姿を見ると、涙が溢れそうになると言った。そう言いながらも、誰よりも率先して彼女たちに背を向けた。母は、今日が過ぎまた明日が過ぎれば平気になるだろうと言い、一週間が過ぎ一カ月が過ぎると、本当にそのとおりになったと言った。そのころになると、それ以上耐えられずに辞めていく人が多かったから。むしろ顔を見ないほうがましだと思っていたが、空席を見るとまたしても彼女たちの顔が浮かんでくるのだと言った。

「そばにいるときは、気づかなかったんだけどね」

空席が一つ、また一つと増えるたびに、母はなかなか寝つけなかった。「私ってひどい人かな?」と母は訊き、「私のこと、きっと恨んでるわよね?」と重ねて訊いた。放っておけばいつまでも質問を続けながら、一睡もせず夜を明かしそうな気配だった。

それから間もなくして、母の名前が名簿に載った。母は、ヨンミさんやウニョンさん、先輩のファスクさんやジソンさんがそうしたように、一人遠く離れた席に座って昼ご飯を食べ、相談の電話がな

いときは他の人たちの後ろ頭をじっと眺めていた。誰も返事をしてくれない挨拶をして、誰も笑わない冗談を言い、誰も答えてくれない質問をしているうちに、母は自分の名前が名簿に載ったことに気づいたという。

「どうして私の名前が載ったのかしら」

初めは何かの手違いだと思った。名簿に名前が載る理由がなかったからだ。電気を消し、暗い部屋で並んで横になった。母は口の中でゆっくりと薬を溶かしていたかと思ったら、再び電気を点けて座りなおした。

「私くらい一生懸命働いてた人はいないのに」

昔の記憶を一つずつほじくり出し、

「私ほど丁寧に対応する人が、一体どこにいるって言うのよ」

手こずらされた厄介な相談電話を思い出したりもした。いくら考えてみても名簿に載るような理由は思いつかなかった。母は電気を消して再び横になり、僕の同意を求めた。

「きっと何かの間違いに決まってる。そう思わない？」

僕は黙って頷いた。もしかしたら本当に誤報が出回ったか、他の人の名前と勘違いしている可能性もある。でも、誰も母と口を利こうとしなかった。だから母は毎晩長い手紙を書いた。寝ぼけ眼を向けると、丸テーブルの前に座っている母が見えた。母は、ボールペンを握りしめたまま白い便箋を見つめていたかと思うと、ふとバツが悪そうに笑ったりするのだった。そうしてまた二週間ほどが過ぎ、母はどうにか晩ご飯の約束を取り付けた。同僚五、六人が個人的に会ってくれると約束したのだ。母は給料の半分と引き換えに、上等な焼肉屋を予約した。

母が段ボール箱で作った携帯電話をかぶって会社の前に立ちはだかっているあいだ、僕は山に上った。祖母の墓までの道は、傾斜が急で険しかった。道もろくにないため、草むらをかき分けてずいぶん歩かなければならなかった。上のおじが先頭に立ち、僕があとに続いた。おじがしきりに後ろを振り返った。

「それで、今会社の前でデモをしているっていうのか?」

振り向くと、下のおばと上のおばの黒い頭が順番に見えた。上のおばが僕に向かって叫んだ。

「じゃ、ミヨンが首になったってこと? あのミヨンが?」

僕はその場にはたと立ち止まり、呼吸を整えた。草むらからムッとした熱気が立ち上ってきた。体中汗でびっしょりだ。じっと突っ立っていると、アイスクリームのようにポトポトと溶けてしまいそうだった。僕は、ぼうぼうに生い茂った草を無造作にむしり取った。

「こんなに暑い日に、あそこで一日中立ってるの?」

下のおばが僕のそばに近づいてきてつぶやいた。「まったくお姉ちゃんたら」上のおばが再び大声で尋ねた。

「ジュホ。それで、ミヨンは首になったの? 本当に?」

僕は「よく知らないんです」と言った。実際、まだはっきりと決まったわけじゃない。母は明日にでも復職できるかもしれないと期待している様子だった。

一人でいやと言うほど焼肉を食べて帰宅したその日、母は解雇通知を受け取った。通信会社らしく、数行の短いメッセージが一通届いただけだった。母がちょっとトイレに席を立った隙に、同僚たちはみんなその場からいなくなっていたらしい。鉄板に載せた肉はまだ焼けてもいなかった。母は、使わずじまいの箸や匙を箸箱に戻してから、肉を焼いた。八人掛けの席を独り占めし、その大量の肉を全部平らげたのだった。

「すっごく高いお肉だったんだから」

母は満たされない表情でつぶやくと、胸の辺りをとんとん叩いた。一気に食べた肉のせいなのか、解雇されたせいなのかはわからないが、きっとひどくもたれてしまったのだろう。母が寝返りを打つたびに焼肉の匂いがした。僕は横を向いて目を閉じた。

「でも出勤はするわよ」

母は、しばらくしてから自分に言い聞かせるように言った。そうして本当に会社に出勤し続けた。遅刻や欠勤など一度もしなかったこれまでの二十年と同じように、八時出勤と六時退勤を守り続けた。「行ってくるわね」と挨拶して出ていき、「ただいま」と言って戻ってくるのもこれまでと同じだった。たった一つ変わったことと言えば、母の席だけだった。会社の中にあった母の席が、外に移されたのだ。

母は、一日中、会社の正門の前に立ちつくしていた。新しい仕事に体を慣らしながら。一、二、三、と階を数え、一、二、と部屋の番号を確かめてオフィスを見つけると、一日中そこを見上げるという仕事だった。形も大きさも全て同じ窓が、ずらりと並んでいた。やっとオフィスを見つけたかと思ったら、同じような窓のあいだに姿をくらまし、入り混じり、消えてしまうのだった。母は両目をしっかり見開き、爪ほどの大きさの窓を捉えては逃し、捉えては逃した。夜になると、体がばらばらになりそうだと愚痴をこぼしもしたが、母はやめようとはしなかった。

母はオフィスに電話をかけることもあった。言い忘れていたことをその都度思い出したからだ。「窓際のキャビネットの奥のほうに、裏紙をためておいたのがあるから」「二〇〇〇年度以前の相談書類は会議用のテーブルの下にあって」向こうの挨拶が終わってもいないのに、母は言葉を浴びせた。「苦情の分類表フォーマットは、私が作っておいたものを使ってくれていいわ。マイフォルダに保存してあるんだけど。ああそれから、使用済みの乾電池は別途に集めてから捨てるの知ってるわよね？　警備員さんが嫌がるから。休憩室に使いかけの石鹸を取っておいたのがあるんだけど……」電話に出た人は、初めはあきれていたが、けっきょくは母の話に耳を傾けた。電話を切るときには「ありがとうございます」と礼儀正しく挨拶さえした。

しかし、誰ひとりとして母に会おうとはしなかった。顔見知りの同僚たちは、会社に出入りするたびに、そっぽを向いたり、携帯に顔をうずめて歩いたりした。母が来る前に出勤し、母が帰ってから退勤する人もいた。母はそんなことなどおかまいなしに、一日も欠かさずその場を守った。

僕は、二坪余りのコンビニの中から、たびたび外を眺めた。よくよく目を凝らして見つめていると、歩道に敷かれた舗装用ブロックやアスファルト、がっしりした建物の角や車のバンパーなどが、少しずつ溶け落ちているかのようだった。ありとあらゆるものがモビールのようにゆらゆらと揺らめくあの彼方のどこかで、母はぬるんだ箱をかぶって汗を流しているはずだ。誰も耳を貸さない声を張り上げながら。僕は、母を背景に熱くなっていく都市を思い浮かべた。そして、上のおじからはたびたび電話がかかってきた。

　祖母の墓に関することだった。道路ができるにはあと二、三年は待たなければならないと言いながらも、おじはすぐにも開発が始まらないかと期待してる様子だった。問題は、祖母の墓を見つけられないことだった。似たような八つの墓が並んでいるため、おじやおばたちの記憶はしきりに食い違い、ぶつかった。

「お母さん、来たよ」

　上のおばが墓の前に座り込み、泣き崩れようとすると、

「いや、母さんのお墓、あっちじゃなかったっけ?」

と、上のおじが後ろポケットから地図を取り出すという始末だった。墓碑や墓石のない、土饅頭の形をした墓で、こんもりと盛り上がった形や手入れの行き届いていない様子は、どれも似通っていた。

「道路が、ここに、こうできるんだよ」

　上のおじが人差し指を立て、前もって印をつけておいた部分に沿ってなぞると、

「じゃ、ここじゃない?」

と上のおばが立ち上がり、地図をのぞきこむ。ややこしい補償規定や指定範囲に従って、祖母の墓はあっちになったり、こっちになったり、またあっちになったりするのだった。

「忙しいのかな。お母さんと連絡が取れないんだ」

　数日後、おじは挨拶も抜きにして、

「子どもたち全員の署名が要るから、月曜日に集まるように」

と、一方的に用件だけを伝えてきた。それだけ言うと、「他のきょうだいにも連絡をしなきゃならないから」と言って、電話を切ってしまった。母は毎回「可哀そうなお母さん。あの世に行っても成仏できない」とつぶやき、「今回は絶対行かなきゃだめよね？」と訊いた。毎晩、破れたり壊れたりした箱に少しずつ手を加えながら。一日中携帯電話をかぶって会社の前に立っているにもかかわらず、これといった収穫はなさそうだった。それなのに、たった一日抜けることに対してずいぶん怯えていた。

「誰も気にしないよ」

僕が気にしすぎだというふうに首を振ると、母は、

「でもこれが仕事なんだから、抜けるのは傍目にも良くないじゃない」

と、心配そうに言った。一緒に抗議デモをしていた人たちがみんな途中で諦めてしまったのに、母の覚悟は以前にも増して強固なものとなっているようだった。いや、そうなってしかるべきだった。その退職金は、母の全てだったのだから。言うならば、それは意志の問題というより、切実さの問題と見てよかった。

「そう言わずに、今回もあんたが代わりに行ってくれない？」

母は四角い携帯電話をかぶったまま鏡の前に立ち、しきりに前後左右を映していた。アンテナやボタンキーなどの細かい部分が付け足され、スローガンのようなものが貼り付けられるにつれて、携帯電話は毎日少しずつガラクタに変容しつつあった。

「コンビニのバイトはどうするんだよ。今回はどうしても無理だって言えば？」

僕が答えると、母はまたしばらく思いにふけってから首を横に振った。

「おばあちゃんじゃない。見ず知らずの人のお墓を移して、おばあちゃんが道路の下敷きになったらどうするの」

僕は社長にたびたび了解を求めなければならなかった。こちらが頼んで、あちらが快く了承してくれればいいのだが、社長は大抵かんかんになって怒鳴り散らすタイプだった。僕にできることと言えば、受話器の向こうから彼がものすごい剣幕で放つ怒鳴り声を黙って聞くことだけだった。まっすぐ耳に飛び込んできた言葉は、時間が経ってもなかなか消え去らなかった。ともかく、怒りを抑えきれず社長が電話をガチャンと切ってしまうと、それを了承の意味と受け取った。

母が焼け付く歩道の上で一日を耐えているあいだ、僕は狭い居間に腰を下ろし、上のおじの話を聞いていた。おじの話が一段落すると、上のおばが時折横槍を入れ、下のおじが質問をするという具合だった。汗のせいでしきりにパンツが張り付いた。僕は時々お尻を右に左に動かしてやり過ごした。

「ジュホ、お前はどう思う?」

おじは書類を折り曲げてうちわ代わりにあおぎながら、ふと思い出したように僕の名前を呼んだ。

「いくらなんでも、お前をよこすなんて」と舌を鳴らしもした。そのたびに僕は、母が会社から退職金ももらえず追い出されたという事実と、毎日本社の前で一人デモをしなければならない状況について説明した。先日も話したし、その前にも話した内容だったが、上のおじは、

「そりゃ大変だな」

と、まるで初めて耳にしたように驚いた表情を見せた。「あらまあ」上のおばも同じだった。「うま

く解決するといいな」下のおじの励ましの言葉もまったく同じだった。再び上のおじが、「ところで、ミヨンはどこで働いてたんだっけな？　最近、物忘れがひどくてなあ、まったく」という質問も以前と大差ないものだった。いずれにしろ、親戚たちの関心は、墓の移転と補償問題にしか向いていなかったのだから。僕は、地図の上であっちへこっちへと移動する祖母の墓をぼんやり眺めているだけだった。

母は毎晩、自分のきょうだいたちがどんな話をしていたのか詳しく聞きたがった。相も変わらず、壊れた箱の角を直したり、フェルトなどを重ね付けしたりしながら。「あのとき、お母さんのお墓をあんなところに作るんじゃなかった」とため息をつき、「それで、補償っていくらぐらいになるのかしら」と食い入るように宙をにらみ付けたりした。しかし、会話は長くは続かなかった。二十年間カリカリ噛み砕いていた頭痛薬なしでも、母は瞬く間に深い眠りについた。まるでこのときのために大切にとっておいたかのように、横になりさえすれば、たちまち重厚で深い眠りの中に落ちていった。「母さん」と言って体をゆすっても、ピクリともしないほどだった。僕は、真っ赤に腫れ上がった母の小さな足をちらちら見やりながら箱を修繕した。母の体型や動きに耐えかねて、携帯電話は少しずつ折れ曲がったり壊れたりしていた。

二十年間相談業務を担当してきた母に最後に言い渡された任務は、現場でケーブルを繋ぐ業務だった。リストラが行われている最中で、部長は多様な部門の業務がこなせる有能な人材が必要だと圧力をかけた。「ケーブルを繋ぐ業務だなんて」と目を真ん丸くしている母に向かって、「相談業務なんて、誰にでもできる仕事じゃないですか」

と言って机をドンと叩き、「それで、やるの？　やらないの？」と、どさくさに紛れてタメ口を利いたという。母は、「若造のくせに。私のほうが十は年上のはずよ」と、真夜中に頭痛薬をガリガリ噛み砕きながらつぶやいた。でも一週間経つと、母は心を決めた。もう一年頑張ってから正式に退職すれば、辞めるときには退職金ももらえるという算段からだった。

「教えてもらえば、私にもできる仕事ですよね？」

つまり部長に言ったそのひと言は、絶対に、おとなしく、このまま黙って引き下がるものかという母の意志表明のようなものだった。何であれ、どんなことをしてでも、一年ぐらいは耐えられるだろう。言うならば、それが母の計画だった。ケーブルを繋ぐ業務が、どれほど危険極まりない仕事か知らなかったからだ。

しばらくして、母は本当に新しい業務を任された。現場に出て太いケーブルを直接繋ぐ作業だった。

「本当に電柱に上ったんだから」

母は頭痛薬を飲み込みながら言った。血の気の引いた、薬のように真っ白い顔をして戻ってきた日のことだった。同行した同僚は、道具がぎっしり刺さったベルトを差し出しながら、「本当に申し訳ないんだけど、これは絶対に代わってあげられないんです」と困り果てた様子でつぶやき、しまいには今にも泣き出しそうに顔をゆがめたらしい。母は、一歩、また一歩と梯子を伝って上ると、電柱に埋めこまれている足場を摑んだ。そしてへっぴり腰で、一歩、また一歩と大股で宙を上っていったのだと言った。

「ほら見てよ。本当に上ったんだから」

母は真っ赤に腫れた手の平を広げて見せた。手の平には、落っこちないようにあらん限りの力でぶら下がっていた圧力の跡が、そのまま残っていた。あのとき母がもっと必死でしがみついていたら、解雇を免れていただろうか。母はずいぶん長いあいだ電柱にぶら下がったまま、ぶるぶる震えていたらしい。同僚が消防隊員を呼ぶあいだ、街の人たちが集まってきた。その電柱を取り囲む黒々とした頭のせいで、めまいがしたそうだ。

「携帯で写真を撮っている人もいたのよ」

コップを持つ母の手が小刻みに震えていた。僕は、誰かの携帯に収められているだろう母の姿を想像した。その人はその写真を眺めながら、ことあるごとにクックッと笑いをこらえているのかもしれない。僕は、カシャ、カシャ、カシャ、と、のろのろと流れていっただろうその時間をじっと想像してみた。しばらくして消防隊が到着し、母は梯子車に乗って上ってくる隊員に、絶対に下りないと意地を張った。

「奥さん、早く下りてきなさい」

「下りません。下りられません。絶対に下りませんから」

「そこにいると危ないですから、早く下りなさい」

「だめ。私、下りません」

けっきょく、消防隊員と同僚に長いあいだ説得されて、やっと母は思い直した。ともかく業務を完了させたと報告する、という約束を取り付けたあとのことだった。

「一度やってみたんだから、次はきっとうまくできるわ」

両方の手の平に代わる代わる薬を塗りながら、母は自分に言い聞かせていたが、チャンスは二度とやって来なかった。会社は、業務に適していないという理由で解雇通知書を交付した。窓が一列に並んだ高いビルから会社の正門前の地面へと、母は叩きつけられたのだった。

再び上のおじからの電話を受けたのは、真夜中のことだった。大きく開け放たれた窓から、通りのありとあらゆる騒音が消え失せることなく流れ込んできた。僕と母は蒸し暑い部屋の中で、テレビのボリュームを一つ、また一つと上げているところだった。

「今月中に誕生日でも祝ってあげるべきじゃないかと思ってな。よそ様の目もあるし」

テレビのボリュームを下げると、おじの声が受話器の外へはっきり漏れてきた。

「母さんの誕生日［韓国では、家族が亡くなると、命日だけでなくその人の誕生日を祝う風習がある。大抵は亡くなって一年目の誕生日だけを祝うが、墓を移す前や、場合によっては生誕百周年などを祝うこともある］だよ」

こっちが何も言わないでいると、おじはさらに声を張り上げた。「ああ、お母さんの誕生日」母はテレビのほうに目をやりながら、答えた。

「お母さんが亡くなってから、誕生日を祝ったことがあったかしら。まだお墓も見つかってないんでしょ？」

「母さんのお墓ならすぐに見つけたさ。なんせ道路もできることだしな」

母は「うーん」と言って腕を伸ばし、卓上カレンダーを手に取った。八月を基準に九月、十月、十一月、十二月、また一月、二月、三月、四月、五月を順にめくっていた母が、口を開いた。

「それはそうと、お母さんの誕生日、五月じゃなかった？」

「五月？　いや、俺がマンションを買ったのは真夏だったぞ」

「マンション？」

「母さんの還暦祝いのころだよ。俺がマンション買ったじゃないか」

「ふーん、そうだったかしら。私がジュホのお父さんと離婚したときは、春真っ盛りだったんだけど」

母はそこまで言って僕のほうを振り向いた。「そうでしょう？　ねえ？」母は二度も同意を求めたが、僕は黙って首を横に振った。僕の記憶では、季節は確か秋だった。モーテルの建物の隙間に隠れて、生まれて初めてタバコを口にした。一気に吸い込んだタバコの煙が口から漏れるとき、ひどく咳き込んだ。見上げると、色とりどりの街が潤んだ両目に映った。風が吹くたびに、かさかさに乾いた枯葉がなすすべもなくひらひらと揺れていた。秋だった。

僕が話し終わる前に、おじの断固とした声がはっきりと聞こえてきた。

「とにかく、誕生日のお祝いをするから。近いうちに」

「お母さんのお墓かどうかもわからないのに、どうやってお祝いするって言うのよ」

「それがどうしたって言うんだ。あそこに道路ができるんだぞ」

祖母が埋葬された季節がいつであれ、工事は進められるはずだ。おじは、祖母の墓の前に盛大な料理をお供えするつもりだと言って、日付を教えてくれた。本当にそれが祖母の墓かどうか知る由もなかったが。ともかく、次の月曜日。またしても平日だった。

母は、おばとの電話でも、下のおじとの電話でも、同じような愚痴をこぼしたが、行かないという言葉だけはどうにか呑み込んだ。けっきょく、それぞれがお互いに、必ず参加すると確認に確認を重

ねただけだった。母は、きょうだいたちとの長電話を終え、

「ひどすぎるわ。今回は私が行かなきゃ。お母さんが道路の下敷きにでもなったら大変よ」

と、僕の目を見て言った。

「会社は？　平気なの？」

母は汗に濡れた箱の角をギュッギュッと押しながら、「そうよね」と笑った。そもそも、平気なことなど何一つなかった。母の一人デモは大した成果もあげられないまま幕を下ろす可能性が高かった。そのうえ、祖母に関するきょうだいたちの記憶は話すたびに食い違った。もしかしたら、赤の他人のために誕生日のご馳走を供え、霊前で礼を捧げることになるかもしれない。祖母が亡くなったということ、そしてあのころみんな悲しんでいたということ以外、細かいことはその昔、祖母とともに全て土の中に埋められてしまったようだ。何にせよ、道路ができるという事実だけは確かだった。

僕はまた社長に電話をした。「祖母の誕生日で」と言うと、社長はあきれてものが言えないとでもいうように鼻で笑うと「死んだばあさんが生き返りでもしたのか」と言って、一方的に電話を切ってしまった。多分この次に断りを入れたときは、今よりもっと大事《おおごと》になるはずだ。実際、これ以上お願いするのも虫が良すぎる話だった。

僕は段ボール箱で作った携帯電話をかぶった。真昼間のことで、誰かに頭上から乾いた日差しを注がれているかのように頭のてっぺんが熱かった。僕は、毎日同じ格好でこの場所を守っている母を思い浮かべた。夏の真昼の感覚が、僕を中心に集まりつつあった。

「雨でも降ってくれればなあ」

僕は母がいつもそうしているように、たびたび顔を仰向けて空を見上げた。一度、二度、思い出したらもう一度。見上げるごとに、空は少しずつ澄み渡りきれいになっていくようだった。突き刺すような透き通った日差しで肌がひりひりした。僕は、日差しを受けてきらめく建物を何度も見上げ、そのたびにスローガンを叫んだ。宙に投げ放たれた言葉は、重く湿気た空気を含み力なく地面に墜落した。疾走する車が言葉をかき消し、得体の知れない街の喧騒がその上に降り注いだ。いくら声を張り上げても、はるかにそびえ立つように立っている会社の建物にまで届くはずがなかった。

昼休みになると、群れをなした人々がどっと外へ溢れ出てきた。僕は箱をかぶった体を動かし、彼らが通れるように少し後ろに下がった。誰ひとり僕のほうには目もくれなかった。誰も僕を見ようとしなかった。僕はそこにいない人のようだった。あれほど大勢の中で、僕がここにいることに気づいた人は一人もいなかった。僕は、熱い日差しの中でゆっくり消えていく母を思い浮かべた。

そして、電話のベルが鳴った。ピークを過ぎた昼間の暑さが、ようやく少しずつ和らぎ始めたころだった。

「お前、明日から出てこなくてもいいから」

社長だった。僕が何か言い返す前に彼は大声を張り上げ、

「おい、こんなに休むの、違法だって知ってるだろうな。契約違反だ。びた一文やるつもりはないからな！」

ここぞとばかりに言い終えると、社長は電話を切った。何か言おうとして口を開いた僕が、ひと言も言い返せないほど短い電話だった。そして、再びベルが鳴った。

「社長？」

いくらなんでも、半月も働いたのに一銭ももらえないのはあまりに悔しくて、僕は慌てて社長を呼んだ。「社長、社長？」

「ジュホなの？　ジュホ、会社の前なの？」

しばらくして受話器の向こうから聞こえてきたのは、母の声だった。薄い水風船に詰められたかのように、危うげで頼りない声だった。僕が「母さん」と風船をポンと叩けば、何かがパンと弾けそうだった。僕は熱くなった受話器を耳にぴったり付けて言った。

「うん」

鋭く長いクラクションの音が、辺りの騒音を一気にかき消していった。受話器の外に漏れていた母の言葉が、プツリと途切れた。僕は、クラクションの音が遠のくまで待ってから母を呼んだ。母の声は聞こえたり途切れたりしていたが、しばらくするとまったく聞こえなくなった。僕はくり返し母を呼び、携帯を耳にぴったりくっつけた。

「ジュホ！」

ずいぶん経ってから、母の声がはっきりと聞こえてきた。「ジュホ。ジュホ」僕は上半身を屈め、携帯を持った腕を精一杯耳のほうへ近づけた。肩を覆っている箱のせいで、携帯は耳にくっついてはいつの間にか遠ざかっていた。汗でじっとり濡れた手の中で、携帯電話が何度もずり落ちた。「ジュホ」耳の縁を伝って汗が流れた。「母さん」すると誰かが僕の携帯を無言で奪い取った。母だった。

「暑いでしょう？」

母は手の平を広げ、風を起こした。

「おばあちゃんのお墓は？」

母は、明るい日差しの中に立っている建物を見上げた。いつもの癖で、またオフィスを探している様子だった。日差しが建物の窓にぶつかっては跳ね返ってくる。建物に押し返された日差しが、道の上にどんどん溜まっていくようだった。そのうち、巨大な暑さの中に埋もれてしまうのではないかと思った。母が目を細め、僕の額の汗を拭いてくれた。

「あんたじゃ当てにならないし。やっぱり私の仕事だから」

「おばあちゃんは？」

「行かなかった。また何かあの人たちにケチを付けられてもいやだし」

母は僕から箱を取り上げながらつぶやいた。「とにかく、これも仕事なんだから真面目にやらなきゃ」母の声は真っ暗な箱の中で静かに響き渡った。僕は母のそばに立った。そっと横目で見ると、上を見上げて窓を一つずつ数えている母の姿が見えた。

「スローガンでも叫ぼうか」

低い声でつぶやくと、母はゆっくり首を横に振った。それから手の平をぱたぱたさせながら、風をよこしてくれた。そこは初めから母の居場所のようだった。会社の中心から最も遠くにある席。それ故に、誰かにトンと押されれば、ほんの数歩で会社からはみ出してしまいそうだった。ふと、あの真っ黒い窓の向こうからみんなが母を見下ろしているのかも、という気がした。いや、見下ろしていなくてもみんな知っているはずだ。知ってはいるが、誰も気づいていないその場所を守ろうと、母は汗を流し続けているのだった。僕は母がしているように顔を仰向け、建物を見上げた。生ぬるい汗が顔を伝って流れた。とても蒸し暑い日だった。

真夜中の山道

おじさん。女の声はかろうじて唇からこぼれ地面に落ちる。おじさん。四番と五番は山を上る。片手にランタンを持ち、もう片方の手で女の腕を両側からつかんだまま。ゾクッとする真夜中の静けさの中、目に見えないほこりが舞い上がっては地面に沈む。おじさん。

お願いですから、私の話を聞いてください。

女のずっしりとした体が微かに震える。四番が先に、五番が遅れて女を引っ張る。歩くまいと踏ん張る女の両足が、なすすべもなく引きずられる。おじさん。女を引っ張るたびに五番の痩せた体がふらつく。四番の足がもつれ、女の重心が一気に後ろに傾く。四番が女を引っ張り、重心を立て直す。四番がランタンを近づけると、暗がりの中に隠れていた女の顔が露わになる。黄色い灯りの中で、女の顔は膨れ上がったパンのように大きく輝いている。目や鼻や口などを干しぶどうのように無造作に埋め込んだパン。四番が不愉快そうな顔をする。

いっ、一体どこへ行くんですか?

女が涙ぐむ。四番がランタンをさらに近づける。女の黄色い肌の上にニキビやそばかすが一つ二つと姿を現す。灯りが女のテカった顔を伝って流れ落ちる。おじさん。女が目をしばたたかせながら哀願する。おじさん、おじさん。四番がランタンで女の頬を一度、二度、軽く打つ。

うるさい！　静かにしろって言ってるだろう。痛い目に遭いたいのか？

おじさん、おじさん！

お嬢さん。悪いんだけど、そんな大声を出されたらびっくりするじゃないですか。お嬢さん。私心臓が弱いんですよ。それに、ちょっとは歩いてください。ご自分がどれほど重いか知らないでしょう。

心臓が悪いなら来なきゃいいのによ。四番が五番に向かってぶつぶつ言う。

それと、さっき言っただろ！　その女に敬語を使うなって。ただでさえ調子こいているのに、なんで敬語なんか使ってんだよ！

そう言われても、初対面でタメ口はちょっと。お嬢さんがちゃんと歩いてくれさえすれば、こんなこと言わなくても済むんですから。そうでしょう？　お嬢さん。初めて会ったのにタメ口は嫌でしょう？

女は返事をしない。

どこに行くんですか？　おじさん、お願いだから教えてください。

女が腰を落として踏ん張る。五番が足を止めて前方をうかがう。見えるのは暗闇ばかり。ランタンを前後左右にかざしてみるが、灯りは闇に呑まれるように消え失せる。五番がランタンを動かし四番の顔を照らす。ヘルメットをかぶった四番の顔がゆがむ。

ところで、私たち、どこに行くんですか？

しつこいな。ちょっと黙ってろ。それどけろよ。

四番がランタンをはたき落とす。五番が地面に落ちたランタンを拾い上げる。そして再び女を引っ張りながら言う。

ほら言ったでしょう、お嬢さん。私も知らないんですよ。私も初めてなんですから。それにしても本当に暗いですね。とにかく歩いて。歩きましょうよ。そんなに怖がらないで。私もこんな夜更けにこんな山道を上るのは初めてなんですよ。みんなお互い様なんですから。そうでしょう？

でも、行き先くらい教えてくれないと。おじさん、おじさん。お願いですから。

女は動こうとしない。四番が女の腕を思い切り引っ張る。ついに女がゆっくりと引きずられる。女の靴が山道に長い足跡を残す。一歩踏み出すたびに土や砂の崩れる音が聞こえてくる。

四番と五番はワゴン車の中で出会った。午前零時ごろ、ワゴン車はソウル駅、永登浦《ヨンドゥンポ》、九老《クロ》でしばらく停車した。四番がソウル駅で、五番が九老駅で乗車した。最後に乗った五番は腰を屈め、一番後ろの座席に座った。四番の隣だった。ワゴン車は料金所を通り抜けるとスピードを上げた。予測不可能な慣性のため、五番の体が四番の体に何度もぶつかった。窓の外を見つめていた四番が不機嫌そうな顔をした。

すみません。

五番は謝ろうと体をひねり、他の人の肘を小突き、額をかすめ、膝にぶつかった。

どうもすいません。

四番はイヤホンを挿したまま、完全に窓のほうを向いてしまった。反対車線のライトの灯りがびゅんびゅん通り過ぎるたび、四番の顔がさっと明るくなっては暗くなる。四番は窓に浮かんでは消える自分の顔をただ見つめているだけで、一度も口を開かない。しばらくして、隣に座った五番がボソッとつぶやいた。

わざとじゃないんです、本当にすいません。

四番は返事をしない。五番は口をつぐんで全身に力を込めると、自分の膝だけを見つめていた。古びたワゴン車のエンジン音を除けば、車内はひどく静かだ。人々はマスクに顔を埋め、ひと言も話さない。野球帽を目深に被って眠っている者もいる。みんな申し合わせたかのように黙っている。言葉を知らない者のように。言葉の要らないただの物のように。五番は何度か瞬きをすると、すっかり目を閉じてしまった。

ワゴン車はそれからずいぶん走ったあと、完全に止まった。窓から明るい光の漏れている数個のコンテナが置かれた空き地だった。最初に四番が降り、最後に五番が降りた。ある男が扉の開いたコンテナの前に立ち、頭の上で手を振っていた。五番も最後尾に並んだ。

おい、おっさん、新入りだろ？

一人の男が振り向きながら五番の肩を軽く叩いた。四番だった。

どうも失礼しました。挨拶が遅れてすみません。さっき謝ろうと思ってたんですが。

五番が手を差し出した。四番はその手を握らず、五番の顔をじっと見下すような目で見つめた。四番より頭一つ分大きかった。

おっさん、そんなのいいからさ。頼むから俺に迷惑かけないでくれよ。うざいから。

ええ、もちろん、もちろんです。

頷くばかりの五番にもうひと言何か言おうとして、四番はそのまま背を向けた。すると五番が、背を向けた四番の二の腕を人差し指でそっと押した。手首から肘のほうにかけて伸びている葉っぱのせいだった。黒々とした竹が四番の腕に沿って這うように肩のほうへと伸びていた。

あの、これ刺青ですか？

五番は親指と人差し指をこすり合わせると、指先をしばらくじっと見つめていた。枝や葉っぱ、節の部分や花びらの部分をさっとこすって、指先を確かめているのだった。

色がつかないところを見ると、やっぱり刺青ですね。最近の若い子たちはこういうのをよくするらしいですね。

ったく、何だよこのおっさん。ふざけてんじゃねーぞ。「子」って何だよ。俺、こう見えてもこの仕事長いんだよ。現場じゃ大先輩なのに、世間知らずもいいとこだっつうの。

五番はただ、ええ、とだけ言った。ええ、そうですね、ええ、と言ってからもう一度、ええ、と。

それでも、先輩という言葉は口から出てこなかった。

短期の雇用契約書にサインをすると、管理者たちが班を分け始めた。A班、B班、C班、D班、E班。四番と五番はD班に配置された。一番、二番、三番、四番、と人数を数えるたびに人々は手を挙げた。「四番」で四番が手を挙げ、「五番」で五番が手を挙げるというふうに、順番どおりに公平に分け与えられ、溢れ返る名前。名前、名前、名前。

うまいことやってくれよ、とにかくきれいに。

配置された区域に向かう前、全ての班を統轄しているという部長がお出ましになり、自ら野球のバットを振ってみせた。彼はボールを待ち構えるバッターのように、しばらく宙をにらみつけてから、ふいにバットをひと振りした。これは仕事なんだよ、仕事。みんな仕事するだろう。彼はバットをまっすぐに持つと、人々の肩をとんとんと突いた。実績が良ければボーナスも出してやると約束してくれた。仕事をする上で一番重要なことが何だかわかるか？　ブン。うまくやることだよ、ブン。うまくやるためには、ブン。シンプルに考えろ。一生懸命やらないと。部長はバットで地面を突き息を整えると、一人ひとりと目を合わせた。みんながそれぞれ自分の仕事をやるんだ。俺たちは俺たちの仕事を、あいつらはあいつらの仕事をやるんだよ。ブン。それに、何だって一生懸命やればうまくいくものなんだ。ブン、ブン。頭を使え、頭を。

五番は自分の体に合いそうな防護用具を選んだ。手首と膝用の防具、タクティカルブーツ、ヘルメットなどがまぜこぜになった箱の前で。遠目に見たときは問題なさそうだったが、全てどこかがほころびたり、破れたり、穴が開いたりした状態だった。五番は人々の合間から手を伸ばしてヘルメットをつかみ取ると、タクティカルブーツを一足、なんとか選び出した。それから、鉄パイプを一本、どうにか手に入れた。ちょうど四番が木製のバットを選び抜いたときだった。

いくら何でも、木製バットじゃすぐに折れてしまいませんか。

五番がすべすべした鉄パイプを触りながら言った。

あのさ、おっさん。俺に忠告なんかしてないで、あんたこそちゃんとやれよ。おっさんより俺のほうがずっとベテランなんだからさ。それに、あんまり頑丈すぎると、かえって振り回しづらいんだよ。

四番がバットの先を触りながら馬鹿にするように言った。ブン、ブン、ブン。みなそれぞれが選んだ道具で二、三度、宙に攻撃を入れてみた。虚空が引き裂かれ、風の音が聞こえてきた。耳を澄ませば、道具の太さや素材、重さによって微妙な違いが感じられそうなものだが、再び耳をそばだてると、聞こえてくるのはフウッ、フウッという荒い息遣いだけだった。


四番と五番が山を下りてくる。五番が前を歩き、四番がそれに続く。片手にランタン、もう片方の手にヘルメットを持ち、真っ暗な前方を探りながら。ランタンの灯りが届く場所がぼうっと開いては一瞬にして閉じる。熱い息が吐き出されては闇の中に消えていく。

おっさん、大丈夫っすかね？　ちょっとおっさん、大丈夫かって聞いてるじゃないかよう。

四番は後ろをチラチラ振り向き、その分遅れを取る。五番は返事をしない。

マジ大丈夫っすよね？

四番がランタンで五番の後ろ姿を照らす。丸い灯りが五番の体をなぞる。タクティカルブーツと膝当て、ヘルメットの上を、息遣いも荒く上下する。やっと五番が振り返る。五番は汗だくになった顔をぬぐう。ツンとした匂いが漂う。

しっ！　静かに。こんな夜は声がよけいに大きく聞こえるんですから。誰かに聞かれたらどうするんですか。

五番が灯りを避けて脇へよける。道はなお続いている。灯りに沿って、さっきまでなかった道が次々に現れる。おっさん、おっさん。

そんなふうに呼ばれると、びっくりするじゃありませんか。私は心臓が良くないんですよ。さっき言いましたよね？　心臓が悪いんです。心臓が良くないんですよ。

おっさん、おっさん。マジどうするんだよ。

どうするもこうするも、お金がないんですから。実は手術しなくちゃならないんですが、ここでこんなことしてるんですよ。気を付けさえすれば、長生きできるでしょう。

そうじゃなくて、女のことっすよ。

女って？

四番がランタンで元来たほうを指し照らす。五番が暗闇の中をしばらくにらみつけ、押し黙る。そしてまた歩き出す。おっさん、大丈夫っすかね？　おっさん、やばいことになったらどうしよう。通報されたら？　なあおっさん、刑務所にでも行くことになったらどうするんだよ。おっさんてば、刑務所行ったことあんのかよ？　ちょっと、俺の話聞いてんの？　五番は黙ってひたすら歩く。決して振り返ろうとしない。後を付いてきていた四番がその場でぴたりと立ち止まる。

俺、知らないっすよ。どのみち殴ったのはおっさんだし。

四番が声を荒らげる。俺知らないっすから。俺、関係ないっすから。ずいぶん先を行っていた五番が振り返ると、大股ですたすたと戻ってくる。

今さらそんなこと言われても。そっちにやれって言われたからやったんじゃないですか。今さら白を切るつもりですか？

誰が？　俺そんなこと言った覚えないっすよ。

五番は困り果てたように一瞬口をつぐむと、そっちが、と言ったり、あなたが、と言いよどんだあと、言葉を続ける。

現場で先輩に言われたからやったんじゃないですか。ご存じのとおり、私は今日初めて来た新入りなんですから。

先輩だなんてとんでもない。俺、先輩なんかじゃないっすよ。俺も今日でまだ四日目なのに。先輩だなんて。何だよ、まったく。

四番の声が山の中の静寂をぐっと押しのけ、沈んでいく。四番が寒気でも感じたように肩をぶるっと震わせる。

四日目だって？　俺にはそんなこと言わなかったじゃないか。

四日目だなんて。五番がひとりごちる。四番ががっくりとうな垂れる。

でも、おっさん。俺、あんなに強く殴れなんて言わなかったじゃないですか。

殴れって言ったじゃないか。

ちょっと脅してやれっていう意味だったのに。

だったら、どんなふうに脅せばいいのか教えるべきだろう。

そんなの俺だって知らないっすよ。それがわかってたら、こんなとこにいませんよ。

四番の声がこだまのように返ってくる。二人は見つめ合う。身動きもせず。ただ無言で。四番が沈黙を破る。

おじさん、大丈夫ですよね？

四番と五番はじっと見つめ合うと、ほぼ同時に後ろを振り返る。そして、しばらく暗闇を見つめたまま立っている。見れば見るほど闇は広く深くなる。二人は闇にがっしりと捕らえられたようにその場に立ちつくす。


D班は第三エリアを受け持った。第三エリアは、狭い道路を挟んだ古びた商店街だ。第三エリアの入り口は、停めてあるトラックや廃棄物の資材などで完全に封鎖されている。やり方や手順は熟知してるよな？　チーフの気だるそうな声が後頭部を打つたびに、五番は小声でぼそぼそと手順や規則をくり返した。

申し合わせたとおり、隊伍を組んで店の入り口を取り囲む。窓ガラスを割ったり、煙を送り込むのもいい。合図と同時に一斉に殴り込む。室内に入ったらただちにバットや鉄パイプを振り回す。スイングは大きく思いっきり。一発で割れたり壊れたりしそうな物を狙うといい。躊躇したり、二の足を踏む様子を見せないこと。

課長の指示どおり、メンバーたちはがらんとした店の前を順に通り過ぎた。暗闇の中でさえ、風景は荒涼としてうら寂しい。ずいぶん前に撤去の済んだ町のように、荒れ果てた場所を吹きぬける風の音と一斉に地面を蹴って前進する足音を除けば、通りは死んだように静まり返っている。そして、しばらくの後、静寂は破られた。ちょうどD班が通りの中間地点を過ぎているときだった。微かな歌声のようなものが聞こえてきたと思ったら、真っ暗な夜を背景に翻る旗が一つ、また一つと現れた。

ありゃ何ですか？

あっ、あいつら。また邪魔しに来やがって。

五番が言い、四番が答えるや、チーフの声がすぐそばに近づいてきた。

今夜こそは絶対に解決するぞ。ボーナスももらって、家にも早く帰れたらウィンウィンじゃないか。

チーフの話が終わると同時に店の実態が明らかになった。今にも崩れ落ちそうな五階建てビルの、一階の角の店だった。「ト」という母音を一つ残したまま、看板の文字は全て剝がれ落ちてしまっている。窓ガラスも全て取り外されたあとだ。入り口には扉の代わりに薄いビニールシートが貼ってあり、遠目にも内部がありありと見て取れた。ドラム缶の中に火を焚き、人々が外の様子をうかがっている。角材を手に持って。ドラム缶から炎が上がるたび、人々の顔がメラメラと色づく。五番が深呼吸をした。

実際に目にすると、これはちょっと、ぞっとしますね。こういうの、テレビで何度も見たことあるんですが、この場にこうして立っていると、嫌なことばかり考えてしまいますね。

五番が声を潜めてささやいた。誰か答えてくれるだろうと思ったのに、同じ班のメンバーたちはどっと駆け出した。道具を高く掲げ持って。五番は走っていく人たちの肩や体に小突かれながら、その場に釘付けになったように立ちつくしていた。ビニールが破られ、メンバーたちが店の内部に順々に入っていくあいだも、五番はその場を動かなかった。

あんたさ、気が乗らないんだったら、今からでも遅くないから帰っていいよ。

チーフが嫌味ったらしく言わなければ、事が済むまでその場で立ちつくしていたかもしれない。チーフは騒々しい店のほうに背を向けて立つと、五番と向き合った。

いいよ、帰っても。仕事したい人間はたくさんいるんだから。帰れよ、帰れって言ってるだろう。

い、いえ。や、やります。

自信がないなら帰っていいって。

五番は課長のそばを過ぎ、店の中に飛び込んでいった。走るのはさすがに無理だったので、走るふりだけをした。鉄パイプが地面に引きずられカランカランという音を立てた。


ひんやりとした闇の中に三人の吐く息が白く立ち上る。なだらかな傾斜は延々と続き、遠く眼下に見える撤去地区の風景はタバコの火種のようにちっぽけだ。暗く硬い闇の中で、町はそこだけぽっかり穴が開いているかのように明るい。誰かがフィルターを思いきり吸い込んだときのように、町が真っ赤に燃え上がる。女を引きずっていた五番が眼下を見下ろす。

まだ終わってないみたいですね。ところで、私たちも早く下りないといけないんじゃないんですか？　こんなところでぐずぐずしていて、日当ももらえなかったらどうするんですか？　ねえ？

四番はランタンで山のあちこちを照らす。木の枝や石ころ、土や岩などが一瞬現れては消える。使い捨ての弁当箱、ひしゃげた空き缶、折れた割り箸やお菓子の袋なども目につく。四番が道の真ん中にペッと唾を吐く。

まったく、ぺらぺらよくしゃべるな、おっさん。悩んだって仕方ないだろ。

でも、私たちがここにいること、誰も知らなかったらどうするんですか？　私たちが仕事をしなかったと思われたらどうするんです？　金をくれないかもしれないじゃないですか。そういうこともありえますよね？

四番は返事もせずひたすら歩く。暗闇をぎゅっぎゅっと踏みしめながら。四番は息を吸い込んでは女の腕を引っ張り、また息を吸っては女の腕を引っ張る。疲れ果てた女の体はどんどん重くなるばかりだ。

お、おじさん。私、これ以上歩けない、歩けません。

女がへたり込むように腰を引く。五番があらん限りの力で女の体の重心を立て直す。

どれくらい、あとどれくらい歩くんですか？　参りましたよ。こんなことをしたところでもっとお金をもらえるわけでもないのに。ところで、どこか行く当てでもあるんですか？　ともかく、そこまで行ったほうがいいんですよね？

五番はとうとう女の片腕を自分の肩に乗せて引っ張る。女がかろうじて一歩踏み出す。だがけっきょく、数歩も歩かないうちに立ち止まる。

ったく。だったら、どっかそこら辺に縛り付けろよ。

ここにですか？　ここは山じゃないですか。

五番がランタンを掲げて四方を照らす。

どこに縛り付けても同じだろ。早くやれって。俺もこれ以上歩けねえよ。

四番は膝に手をついたまま息を整える。五番が女の背中と尻を力いっぱい押す。女のズボンは滴る汗ですでにじっとり濡れている。五番は手の平を広げて匂いを嗅ぐと、再び女を押す。

お嬢さん、そこに座りなさいよ。どうせみんな疲れて動けないんだから。意地を張らないで。お嬢さんだって休みたいでしょう?

女の体から鼻をつく汗の匂いが漂ってくる。五番は肩に背負っていた鉄パイプを下ろし地面に突き立てると、女を座らせる。そして、山道から少し逸れた木の根元に縛り付ける。女は腰を下ろすなり木の幹に頭を預け、長い息を吐く。五番が女のだらりと垂れた手を一つに縛る。あっ、あっ、とうめきながらも女は抵抗できない。女は木を背後に抱きかかえるような姿勢で縛り付けられる。五番が女の前にどっかと座り込む。やや離れて立っていた四番がタバコを取り出す。さっと火を点けると思い切り吸い込む。

わ、私も、一服させてもらいます。ここには私たちしかいませんからね。

五番もせかせかとタバコを取り出す。宙に白い煙が吐き出される。女が再び口を開く。おじさん。女が体をよじるたびにかさかさと枯葉が砕ける。おじさん。四番と五番は返事をしない。

あの、ここに何かあるみたいなんです。石ころみたいなやつが、すごく痛いんです。本当に痛いんですよ。

女が体をよじる。おじさん。女が腰を浮かせる。

お嬢さん、悪いんだけど、私もちょっと休ませてもらえませんか。ちょっと我慢してください。私もひと息つかないと。もう何時間も歩いてきたじゃないですか。喉も渇いてるし、死にそうですよ、私も。

おじさん、他のことは我慢できるんですけど、これ、お尻に突き刺さって痛いんです。

だったら、お尻をちょっと動かしてみなさいよ。うまい具合に。私がお尻の下に手を入れて取るわけにはいかないでしょう。

女はあっちへこっちへと腰を動かしてから、けっきょくまた不平をぶちまける。おじさん、おじさん、おじさんってば！

ジーンズを突き破ったみたいなんです。痛くてたまらないんですってば。

うぜーんだよ、まったく。黙れってば。ひと思いに殺されたいのか。

四番がタバコの吸殻を揉み消しながら、クスクス笑っている。女は反射的に口を閉じたが、ぎゅっと目をつぶって声を張り上げる。

やれるものならやってみなさいよ。殺しなさいよ。殺してみろ。

殺してみろ、という声がこだまして返ってくる。殺して、殺して、みろ、みろ、殺してみろ。二人は口をあんぐりと開けたまま、女の口から飛び出してくる喚き声を見守っている。そして、五番が四番のほうへ体を向け、ボソリとつぶやく。

本当にやるんですか？

四番に代わって女が答える。おじさん。しゃくりあげる声。おじさん。本当に、石ころのせいで痛くて死にそうなんです。

店の内部はひどい有様だった。遅れて飛び込んだ五番は、喧噪の飛び交う店の入り口ではたと立ち止まった。ある者は角材を振り回す男と対峙中、またある者は市民団体の若者たちに取り囲まれ追い詰められている。危機を免れたかと思ったら、女たちが現れて角材を振り回したり、灰をまき散らしたり、熱湯を浴びせたりする。しまいには誰が誰だか見分けもつかなくなった。角材やバット、鉄パイプなどが、人や人でないものに無差別に攻撃を加えるたびに、人、そして物が上げる悲鳴で店内はヒートアップしていく。五番はその場に立ちつくしたままおろおろしていた。

皆さん！

と言って、女がリンゴの空き箱を踏み台にして立った。店の中央で。箱の上に立った女は、背も高くがっしりした体つきをしている。皆さん、皆さん。女は何度も叫んだ。ほんの束の間、人々の動きが止まった。皆さん！　女の声は「ソ」か「ラ」ほどの高さで、凛々と響き渡る。軽やかで軽快な声だった。人々が女を見上げた。

私たちは今、明らかに違法な暴……ああ、そうだ、紙。

その瞬間、女の手から半折にされた紙が落ちた。紙を落とした女は慌てた。紙は箱のそばに落ちている。女は困惑した顔で眉間にしわを寄せると、箱から下りた。片足を下ろし、もう片方の足を下ろそうとする前に箱がぺしゃんこにつぶれてしまった。

あっ、またあの女か。

四番だった。瞬く間に女の髪を引っつかんだ。前かがみになった女が四番の腰に手を回す。二人はシルム［韓国式の相撲のようなスポーツ］でもしているような格好で揉み合う。女が四番を突き飛ばし、よろけた四番が後ずさりする。女が四番の横腹に噛みつく。あっ、という悲鳴とともに四番がのけざまに倒れる。女のずっしりとした体が四番の体を抑えつける。

そこへ五番が駆け付けた。四番と女のもとへ。礼を言われると思ったのに、四番は女の下敷きになったまま、追い払うような仕草で手を振った。

お、おっさん。あっちに行けよ、行けってば。

えっ？

俺一人で大丈夫だからさ。さっさと行けよ。別のとこもあるだろう。

お手伝いしようと思って。さ、手を貸して。

四番は女を押しのけて自力で立ち上がった。その隙に女が四番のバットを奪い取り、上体を起こした。女の手に持たれたバットは、小ぶりで可愛らしく見えた。おもちゃのようなバッドを握りしめた女が四番と五番をにらみつけた。そして、威嚇するかのようにバットをぶんぶん振り回した。

このアマ。殺されたいのか？ それ、こ、こっちによこせ。

バットは四番の指を殴り、肩、太もも、頭のてっぺんなどに狙いを定めて振り下ろされた。四番はたじたじになって後ずさりしながら声を荒らげた。鉄パイプを握りしめた五番も、一歩また一歩と後ずさりするばかりだ。女は二人のほうににじり寄りながら、バットをやたらめったら振り回した。

お、おっさん。別のとこに行けよ。あっちに行けよ、行けってば！

仕事に誰のもの、なんてないんですよ。みんな一緒にやるもんなんです。そうでしょう？ お嬢さん、そんなもの振り回していないで、こっちによこしてください。それ、とっても危ないですから。お嬢さんがそんなものを持ってちゃ、はた目にも良くないですよ。

バットが振り下ろされた。四番のヘルメットを目がけて。ゴンという音がした。ずっしりとした衝撃が四番の頭蓋を捉え、全身に流れていった。五番が鉄パイプを振り回そうとすると、再びバットが振り下ろされた。ゴン。今度も四番の頭だった。けっきょく、五番は鉄パイプを放り投げ、女に飛び掛かった。女の腰に思い切り抱きついた。しばらくの、固唾を飲むような抱擁。その隙に意識を取り戻した四番が女のバットを奪い取った。

放して、放してよ。どいて、どいてってば！

お嬢さん、そうじゃなくて。お嬢さんが私たちを殴るから。

女が暴れるたびに、痩せ細った五番の体が宙に持ち上がる。五番はやっと女の手を押さえつけ、後ろから女をがんじがらめにした。

ちょっと、放して。おじさん、放しなさいよ。

おい、てめえじっとしてろよ。このアマ。

ひと息ついた四番がバットで女の顔を突いた。肩や胸やお腹などの柔らかい部分をグッグッと押した。女が喚き散らした。

どうだ、痛いだろう？　黙らねえと容赦しねえぞ。

四番が女の胸をバットで思い切り押しながら言った。五番の両腕の中で女の横隔膜がいっぱいに膨らみ上がって萎んだ。

チーフの怒鳴り声が聞こえてきた。

おい、そこのお前ら！　遊でんじゃねーぞ。ちゃんとやれって言ってるだろう！

彼は老け面の中年男性の首根っこをつかまえ、店から出ようとしているところだった。四番と五番は深々と頭を下げたまま、引きずられていく男の後ろ姿をじっと見つめていた。

そんな脅し方で相手がビビると思ってんのか！　一体何日目だと思ってるんだ。え？　あっ、その女、また来やがったのか。

課長はバットを持った四番と、女を抱きしめている五番を、代わる代わる見つめた。

お前ら、明日も働きたいんだろう？　その女が明日現れなかったら仕事くれてやるが、そうじゃなかったら明日から来なくていいぞ。

チーフは中年男性の首根っこを掴んで、店から消えていなくなった。四番と五番も、引きずり出されまいとする女を引きずって店を出た。少し離れた所に、回転するパトライトの灯りが見える。人々のざわめきやカメラのシャッター音が大きくなる。どこかでしきりにフラッシュが光る。三人は店の前でしばらく立ち止まった。

さすがにここではちょっと。ここでは、いくらなんでもまずくないですか？

だったら山へ行こうか。

山って？

おっさん、みんな山に行くだろう？　映画なんかではさ。

四番がクックッと笑った。そこへ連れて行って脅してやったこともあるのだと偉そうに言った。二回か、三回くらいかな。まあ、そういうこと。四番と五番は女の両腕を引っ張り、町を後にした。

こう、ですか？

五番が女の頬を叩く。分厚くてごつい五番の手の平が女の頬にちょこっと当たって、すぐに離れる。

女の瞳が大きくなる。

ふざけてんのかよ？

四番が絡んだ痰を吐き出す。

じゃあこれぐらいですか？

五番が再び女の頬を叩く。今度はもう少し強めに。女の顔がわずかに横を向き、元に戻る。女は唇をぎゅっと噛みしめ、五番の両目をにらみつけている。

おっさん、人を叩いたことないのかよ？　子どものお遊びでもあるまいし。何なんだよ、これは。

と言いながら、四番が五番の真似をする。

妻になら一、二度手を上げたことはあるんですが、見ず知らずの人なんて叩けないですよ。それも若いお嬢さんを。初めて会ったのに、これはちょっとやりすぎじゃないですか。

五番が答える。四番が右手で宙を素振りする。こうだ、こうやるんだよ。これくらいやらないと。

四番の手が冷たく真っ暗な空を切る。ブンブンという風の音が聞こえてくる。

お腹も空いたし、喉も渇いた。私には無理ですよ。だったら、あの、私がやらなくても……うまくできる人がやればいいんじゃないですか？

あのさ、こういうのは新入りがやるもんだって、さっきから何度も言ってるだろ？

女は毅然と頭をもたげている。五番が仕方なさそうに再び手の平を広げ、女の頬に狙いを定める。

試しに宙を二、三度ぶってみる。

初めからこんなところに出てこなかったらよかったでしょう。お嬢さん。

五番は片方の手でもう一方の手を揉みながら、顔色をうかがう。

本当にすみませんね。悪いんですけど、お嬢さんもさっき聞いたとおり、これも私の仕事なんで、仕方がないんですよ。

五番が女の頬を叩く。一度、二度、反対側から三度。女の顔は起き上がりこぼしのようにたちまち元に戻る。五番は片方の手で女の顎をつかむ。おじさん。おじさん。五番は女と目を合わせない。女の瞳が球面鏡のようにぷっくり盛り上がる。

そのままじっと動かないでください。今度はちょっと痛いと思いますよ。

バシッ。だからこんなところに来なければ、バシッ。いいじゃないですか。私も仕事なので、バシッ。仕方がないんですよ。痛いでしょう？　再びバシッ。すみませんね、バシッ。こんなのが仕事だなんて、バシッ。私も今日初めて来たので、バシッ。来なきゃいいんだけど、金を稼がなきゃならないんで、バシッ。ヨダレや汗や涙で女の顔がぐしょぐしょになる。五番が濡れた手をズボンで拭う。

お嬢さん、泣いてるんですか？

五番が手の平で女の濡れた頬を触る。女の頬が熱く火照っている。

何で私にこんなことするんですか？　どうして。私が何をしたって言うんですか？

女の声が一気にくぐもる。

何をしたかだって？　あそこで煽動してたのはお前だろ、このアマ。

四番が女の鼻先にぐっと顔を近づける。女はずずっと鼻水をすすり、声を整える。

どうしてあそこにいちゃいけないの？　そっちのほうが先に殴り込んできたんでしょうが。どうしてみんなを殴るのよ！

四番が人差し指を立てて女の額を二、三度突く。女の頭が木の幹にゴンゴンとぶつかる。五番が四番をそっと制止する。

お嬢さん、私が言ったじゃないですか。これは仕事だって。仕事に理由なんてないんです。金のためにやるんですよ。それはそうと、お嬢さんはどうしてたびたびあそこに来るんですか？　来なきゃいいじゃありませんか。こんなふうに不愉快な思いをすることも、大変な思いをして山に上ることもないのに。

女が大きなため息をつく。唇の隙間から吐き出された息が闇の中に散っていく。おじさん。あのですね。私もこれが仕事なんです。私だって来たくて来てるわけじゃないんです。あそこがどれほど寒いか。

ほざいてんじゃねーぞ。

四番が脅すようにバットを振る。女がビクッとする。

こういう経験を積んでおくと、就職のとき有利だって言うから。私まだ三年生なんです。好きでこんなことやってると思います？

ええっ？　お嬢さん大学生なの？　それにしても、そんな話は初耳だなあ。あそこにいることで就職に役立つもんかね。うちの娘からは、そんな話聞いたこともないけど。

市民団体みたいなものですよ。私だってよく知らないのに、どうして私にだけ、こんなことするんですか？

市民団体？　と言いながら五番が四番のほうを見る。

市民団体だなんてぬかしやがって。仕事があるって聞いたら大勢で押しかけていって大暴れするやつらの寄せ集めだろ。

四番が女の前に近づき、そうだろ、違うのか？　と言いながら、頬をぺちぺちと叩く。女の両目が再び涙で潤む。四番がニヤリと笑う。

大暴れして楽しいか？　俺らの仕事の邪魔をして楽しいか？　馬鹿にしやがって。おとといは二万ウォンも引かれたんだぞ、お前のせいで！

だったらお嬢さん。お嬢さんもお金をもらって仕事してるんですか？

五番が質問し、女が半泣きになる。

おじさん、この石ころいつどけてくれるんですか？　そろそろ帰してもらえませんか。

そのとき、四番が、柔らかい土の中に突き刺してあったパイプを抜き取って差し出す。山に上っているあいだ、杖の代わり以外に使ったことはない。五番がパイプを受け取る。ひんやりした感触が手の平を伝い体中に広がっていく。

何ですか、これは？

ここで夜を明かすつもりかよ。おっさんも早く家に帰りたいだろ？

五番が鉄パイプをぎゅっと握りしめる。鉄パイプが空中に振り上げられる。五番がパイプで軽く宙を殴る。ブン、ブン、ブン。鉄パイプが早いスピードで空を切る。パイプを見た女が、恐ろしさのあまり声を張り上げる。

わかりました。もう来ませんから。おじさん、来ませんってば、明日から出てきません。

違う、違う。そうじゃなくてこう、こうだよ、と言いながら四番が木製バットで素振りをしてみせる。

出てこないって言ってますけど。

ったく。そんなの信じられるわけないだろ。口を開けば嘘ばっかり。手か足の一本でも折れたら話は別だろうけどな。やってやろうか！

四番が女の目の前でバットをちらつかせる。五番は鉄パイプの冷たい表面をしばらく触っていたが、そのうちゆっくり動かし始める。一、二、一、二。一で女の肩に、二で頬に鉄パイプの先をそうっと当てては離す。しかし、なかなか女に攻撃を加えることはできない。同じ号令をくり返すばかりだ。パイプはそのたびに、女をわずかに避けた地点で止まる。

ったく、早くやれよ。寒くてたまんねぇよ。

こりゃどうも、やりづらいですね。

だから言っただろ。鉄パイプは振りづらいんだって。

そのせいですかねぇ。

とにかく早く、早くやれって！

女は冷たく硬い感触が肌に触れるたびに目をつぶる。そして、ついに五番がぎゅっと目をつぶる。四番も反射的に目をつぶる。みんな目をつぶる。ついに長い鉄パイプが大きく丸い放物線を描く。

女の頭が一方へぐったり倒れこむ。

しばらくしても女は目を開かない。五番がパイプを手に二、三歩後ずさる。湿気た落ち葉のせいでしきりに足が滑る。

な、何だよ、おっさん？

四番が先に口を開く。な、何やってんだよ、おっさん？　えっ？　何やってんのかって訊いてんだろう？　四番は後ずさりしては戻ることをくり返しながら、何したんだよ、何やってんだよ、何なんだよと声を低める。

ちょっと脅せって言っただけじゃないか。どうすんだよ。ちょっと脅せって言っただけなのに。

女は深い眠りについたようにピクリともしない。

ほ、ほら。全然動かねえじゃんか。

四番が女の前にしゃがみ込む。

どうするって。私はただ、やれと言われたからやっただけです。鉄パイプで殴れって言ったじゃないですか。

女の様子をうかがっていた四番が体を起こし、五番と目を見合わせる。しばらく口をもごもごさせると、決心したように口を開く。

おっさん、お、俺知らねえよ。俺は関係ないし。俺、まだ高校も卒業してないんすから。未成年なんすよ。

やや離れた所に立っていた五番が、女のいる所に戻って来る。そして、四番の顔をまじまじと確かめるように見る。顔や肩、二の腕や太ももなどをゆっくり眺め回す。

これっすか？　これ、ヘナタトゥーですよ。ヘナタトゥー知らないんすか？　こういうのやってると相手がビビるって言うから。ほら、消えるんすよ。

四番は親指に唾をつけて二の腕をこする。四番をじっと見つめていた五番が、湿った地面にパイプをぐっと突き立て、がっくりとうな垂れる。


夜だ。二つのランタンが山を下りてくる。ギラリと光る目玉のように、ランタンは丸く闇を切り裂きながら歩いていく。上下左右に大きく揺れたりすることもなく、ぴったり横に並んで。

大丈夫ですよね？

とにかく帰ろう。

女を背負った五番の息遣いは荒い。山道はまるでゴム紐のように伸び続けている気がする。一体どれほどの時間が経ったのか、わからない。四番と五番の心は焦る。

場合によっちゃ日当をもらえないかもしれませんね。あさってがバレンタインデーなのに。今度こそ絶対にカップルリングを買わなきゃなんないのに。畜生。俺がそのために、どんだけ一生懸命働いたと思ってんだよ、このアマ。

四番がぶつぶつ言うたびにランタンが揺れる。外傷もなく正常に息をしているところを見ると、女は気絶しているだけのように見えるが、依然として目を開かない。女の体温に触れている五番の背筋を熱い汗が伝う。

ところでおじさん。明日も来るつもりですか？

ああ。

おじさん、どこで乗るんですか？

九老。

五番がかろうじて言葉を吐き出す。先は見えず、女の体重は水を含んだ綿のように重くなる一方で、膝がガクガクする。まぶたの周りを覆う汗で、狭い山道がじっとりと盛り上がっては沈む。

この人、大丈夫ですよね？　それはそうと、この人、明日は来ませんよね？

五番が立ち止まり、女を背負いなおす。四番が女の体を押し上げてやる。

次はうまくやらなきゃな。

うまくやるって、何をですか？　何をうまくやるんですか？

全部だよ。全部。

五番は冷たい空気を吸い込んで熱い息を吐き出す。四番が前を歩き、五番が後に続く。

もう少し早く歩けませんか？

四番がしきりに振り返る。

歩いてるじゃないか。

女はぐったりしたまま動かない。四番が五番の足元を灯りで照らす。五番が歩を速める。

チキン・ラン

最後の配達だった。いや、最後の配達にしなければと思っていた僕は、バイクをのろのろと走らせた。信号が変わる前に横断歩道の前で止まり、車が全て走り去るまで路地の入り口あたりをぐるぐる走り回った。時計の針はまだ午前一時と二時のあいだに留まっている。中途半端な時間だったのが、問題といえば問題だった。急いで配達を済ませて戻れば、せこい社長はきっと、ピザの入った箱か包装済みのチキンの袋をもう一つ差し出すに決まっている。注文が入っていなければ、ほうきかモップを差し出すだろう。できるだけこの出前を二時ぎりぎりに終えて戻るのだ。この半月、出前のバイトで得たノウハウだ。時間さえうまく合わせれば、定時に、あるいは一、二分早く上がれるだろう。

ぽつりぽつりと明かりの点いた窓を携えて、立ち並ぶ建物は闇の中に沈んでいた。すっかり色の消え失せた夜になると、町の風景は耐えきれないほど重くなり、地の底に転がり落ちていきそうな感じがする。ワンルームマンションや集合住宅の建物は、上り坂に沿って危なげに並んでいるのだが、狭い路地を駆け巡りながら上っていると、この町は無限に続いているのではないかという錯覚を覚えるほどだった。だから、夜になるとなおさら引っ越すことを想像した。ここじゃなければどこでもかまわない。そんな望みを抱くようになったのには、もう一つ理由があった。ヤン・ソンミ。ヤン・ソンミ、とつぶやいて、ワンルームマンションを右折する。右折しようが、どっちみち山のふもとまで走らなければならないのは同じだったが、常に気が抜けなかった。ヤン・ソンミはどこにでも現れうるし、いつでも出くわしうるからだ。ヤン・ソンミ本人ではないが、彼女を思い起こさせる物がこの町には数え切れないほど存在していた。いや、町全体がヤン・ソンミを連想させるといっても過言ではなかった。今日でちょうど一カ月と九日。いくら考えても、常識やマナーとは程遠いやり方だった。ソンミは、

もう別れよう。

と言った。僕はまっすぐに延びた八車線道路を飛ばしながら、うん？　と訊き返した。オートバイが夜の空気を引き裂き、ソンミの言葉は一瞬にして後方へと押し流された。三度訊き返した末に、僕は何の気なしに、うん、と言ってしまった。ちゃんと聞こうが聞くまいが、どうせ大して重要な言葉じゃないと思ったのだ。ソンミがよく口にする言葉。嬉しい？　もっと速く！　愛してる。そのうちの一つだろうと思った。それからソンミは、僕の脇腹を両手で思いっきりつねった。悲鳴とともにオートバイを急停止させたのはそのあとだった。僕が、

何やってんだよ！　ばか野郎！

と怒鳴りつける前に、ソンミは、

金輪際、私たちは赤の他人だから。

と言った。そして、大股でずんずん道路を横切り、反対側へと去っていった。罵声の一つも浴びせ

られないまま振られたのだった。道路のど真ん中で。無防備な状態で。しかも、一発で。

ワンルームマンションに入る前に時刻を確認した。一時四十三分。チキンの匂いが充満している袋を手渡し、金を受け取りお釣りを渡すのに、一分もあればじゅうぶんだ。残りの時間は来るときと同じように、のらりくらりと時間稼ぎをする寸法だった。僕は、袋に書かれた一〇一号室というメモを確認してから、数段しかない階段を下りた。ビルのオーナーたちはずる賢く、最近ではまっとうな一階を見かけるのはまれだった。「半地下」という中途半端な階ができ始めてから、一階は地下と一階のあいだに巧妙に挟まれ、二階と三階も微妙にずれているのは同じだった。階段を下りきる前にセンサーライトが点いた。素早く一〇一号室のベルを押した。ピンポン、ピンポン。しばらくしてもう一度ピンポン。

何かおかしいと気づいたのは、四回目のベルを押したときだった。玄関扉の向こうからは何の気配もせず、電話は受信音が鳴るだけで誰も取らない。月に二、三度ある、非常に困った瞬間だった。初めはおろおろするが、ふと気持ちが落ちつき始めると、むかむかした気持ちが込み上げてくるまでに五分とかからないと、以前社長が話していたことがあった。慌てて社長に電話をかけると、受話器の向こうから、歯がゆそうな社長の声が聞こえてきた。

とりあえず、近くをあたってみろ。ひょっとしたらメモを書き違えたのかもしれないだろ。

社長は五分どころか、一分も経たないうちに怒りが込み上げてきた様子だった。仕方がない。一〇一号室の目と鼻の先にある一〇二号室のドアを叩いた。初めはそうっと、次は少し強めに、最後には廊下にガンガン響くほど。とにかく、仕事を上がると釘を刺しておいた二時より遅くなるのは避けたかった。一〇二号室からも何の気配もしなかった。運が良ければ、仕事を上がるとき、社長がチキンを持たせてくれるかもしれない。どうせもらい手のいないチキンだし、捨てるぐらいならバイトの子にやってしまった方が恩を着せるにもちょうどいいと。あきらめて階段を引き返そうとしたときだった。か細く微かではあるが、確かに人の気配に違いなかった。

一〇二号室だった。分厚い鉄扉からかろうじて漏れてくる声は、ぶつぶつぶつぶやいている声のようでもあり、うめき声のようでもあったが、どちらも定かではない。声は鉄扉をすり抜けてくるなり、力つきてへなへなと地面に落ちた。僕の耳元へ届く前に。僕は分厚い扉に片方の耳をぴったりくっつけた。

あのう。

僕の声がガランとした廊下に反響して戻ってきた。切羽詰まるほどに、戻ってくる声は大きなこだまとなり、建物全体にワンワン響いた。これ以上呼び続けたら、上の階から誰かが駆け下りて来そうだった。僕は左手首にチキンの袋を引っ掛け、右手でドアノブを捻った。ドアはいとも簡単に開き、弱々しい物音がはっきりと聞こえてきた。激しい息遣いの入り混じったうめき声だった。

あのう、だ、誰かいますか?

センサーライトの明かりが部屋の中へ突進するにつれ、内部の様子が露わになった。足を踏み出し玄関先まで近寄ると、やっとうめき声の正体が明らかになった。

丸い目玉が二つ。最初に目撃したのは真っ暗闇に浮かんでいる二つの目だった。真っ白い白目の上に浮かんでいる真っ黒い瞳孔が、こっちを見下ろしていた。空中でじたばたしている二本の足が見え、振り上げた顔の輪郭が露わになった。必死で何かをつかもうとする両腕が鮮明になり、最後に天井と首を繋いでいる丈夫そうな紐が現れた。細い紐を頼りに宙に浮いているのが信じられないほど、どっしりした体格の男の人だった。男はウ、ウウウ、ウウウウーとうめき、

こ、これ、これ、ちょっと。

とかろうじて声を絞り出した。僕は左手首にかけたチキンの袋をしっかり握りしめたまま、あんぐりと口を開けた。正確に言えば、勝手に口が開いたと言ったほうが正しいだろう。そして、ややあってから唾を飲み込んだときには、男の動きはいっそう激しくなっていた。男はさっきよりもっと苦しそうに、

こ、こ、これ、ちょ、ちょっと。

と言った。どうしてほしいのかまったく紛らわしい状況だった。だからといって、慎重に判断を下すほど余裕があるわけでもなかった。

僕は部屋の中に駆け込んだ（走るほど広い部屋ではなかったが）。でも、一体何をどうすればいいのか見当がつかなかった。天井には手が届かなかったし、床に転がっている椅子は脚が一本折れた状態だった。僕はパニックになって、足をバタつかせている男の周りを何度か回ると、男の両足の下に体を押し込んだ。怯えきった男の足が僕の肩にうまく着地するまで、数え切れないほど足で蹴られ、そのたびに僕は歯を食いしばらなくてはならなかった。男は僕の肩にすっかり体重を乗せると、一気に大量の空気を吸い込んで、吐き出した。それから男は、

カ、カッターありますか？

と尋ね、僕が答える前に両手で紐をねじり切った。いや、引きちぎったと言ったほうが正しいだろう。

ブチッ。

紐が切れ、先に僕が、あとから男が床にひっくり返った。チキンの袋が、僕の肘の下でぺしゃんこにつぶれた。男は死に物狂いで息を吸った。八坪ほどの部屋の空気を残さず吸い込んでしまいそうなほど、長く激しい息遣いだった。そのあいだに、僕は少しずつ玄関のほうへと這っていった。肩の骨が外れそうだった。やっとの思いで体を起こしたとき、ひっくり返っていた男が僕を呼び止めた。

あ、あの。そこの冷蔵庫に水が、水をください。

水ですか？

僕が訊き返すと、男は、

そこの、冷蔵庫に。

と言ってから息を吐き出した。僕は小さな冷蔵庫を開けた。おかずの入った容器とカラカラに干からびて正体のわからない果物が一つ、口の縛ってある袋を除けば、中はほとんど空っぽだった。オレンジ色の照明の下で、あり余った冷気はうら寂しく見えた。男が、

ドアのほう。

と言いながら再び催促したので、僕は水のボトルを取り出して手渡してやった。男が口を開けて喉に水を流し込んだ。男の喉仏がせわしく上下した。息もつかずに水を飲むその音に、僕は男が生きているということに改めて気づいた。

だ、大丈夫ですか?

僕はぼろぼろになったチキンの袋を拾い上げた。

ああ、本当に死ぬかと思いました。ところで、どちら様ですか。

男は水を飲むのをやめてこっちを見た。やっと正気を取り戻した人のように、無邪気であどけない顔をしていた。僕はぺしゃんこにつぶれたチキンの袋を持ち上げて振ってみせた。

家の前に着いたのは夜中の三時を回った時刻だった。二時ちょうどに上がって二時十分ぐらいに戻るだろうという予想は、今日も見事に外れた。社長は売り物にならなくなったチキンの袋を気前良く持たせてくれたが、僕はそれをゴミの山の上に放り投げた。無残につぶれてしまったチキンの箱を見れば、男のことを思い出すに決まっている。捨ててしまったほうがましだった。狭い路地にぎっしり並んでいる窓は真っ暗で、改めてこの町から出たいと切実に思った。窓の向こうの事情をのぞいてしまうという悲劇が二度と起こらないうちに引っ越さなければならない。引っ越したい。だが一体どうやって、いつ。僕は冷え切った鉄製の階段を、一歩一歩踏みしめながら上った。

この町に引っ越してきたのは二年前だった。越してくるひと月前、遊んでいた仲間からの紹介でソンミに会い、ソンミが住んでいる町がここでよかったと思った。部屋代が安かったからだ。不動産屋の女の人は家を数軒回り、最後にこの部屋を見せながら、
その予算に合わせようと思ったら、こんな部屋ぐらいしかないんですけど。

と言った。夏はとても暑く、冬は凍えるほど寒いと、一見相手を思いやるような口ぶりで忠告しておいてから。僕はせせこましい部屋と、どうにか用が足せるほどの広さのトイレを確認してから、

この部屋にします。

と言った。真っ先に日が当たり、星が大きくくっきりと見えるというのがその理由だったが、本当の理由はソンミの住んでいる所から遠くなかったからだ。近ければソンミが行き来しやすいだろうし、自然とよく出入りするようになると思ったのだ。何よりも、様々な条件を満たすには金がまったく足りなかった。契約を済ませ初めて部屋を見せたとき、ソンミは、

すごい、すごい、すごい。

と三回言った。四回目に僕の首に腕をからめ、耳元でこうささやいた。

一人でこんな家を借りられるなんて、オッパ［女性が実の兄や、親しくしている年上の男の人を呼ぶとき使う呼称。恋人を呼ぶときにもよく使われる］ってすごい。

きっと本心だったのだろうが、ソンミは半年も経たないうちに言葉を翻した。もう別れよう。そうして八車線道路を横切った日から一週間後のことだった。受話器の向こうでソンミは、

私たちはなんとなく付き合って楽しく遊んだだけ。それだけよ。私もそろそろ安定した人に会わないと。

と言った。数百回を超える電話の呼び出し音にじっと耐えた直後だった。

安定した人って？

と訊くと、ソンミがため息をつくようにささやいた。

私、もうすぐ引っ越しするの。これから勉強もして、大学にも行くつもり。こんな生活はもう嫌なの。

それで最後だった。これほどあきれた終わり方を迎えるだろうなどとは一度も予想しなかった、決

定的な別れだった。引っ越しするという告知も、一方的に告げられた別れも、面食らったのは同じだったが、それよりも「こんな生活はもう嫌なの」という告白に拍子抜けしてしまった。彼女はいつも僕に、こんなふうに生きるのも悪くないという安心感のようなものを与えてくれたからだった。オートバイに身を委ね、一緒に疾走したあの数えきれない瞬間を、もしかしたら彼女はじっと耐え忍んでいたのかもしれなかった。そして間もなくここを出て、別の世界へすたすた歩き出すというではないか。八車線道路を落ち着き払った態度で渡っていたあの晩のように、これからソンミは、安全が保証された歩道のほうへすっかり移ろうとしていた。

僕は、ソンミが去った町を一日中あてもなく走り回った。チキンの袋やピザの箱を積んで。できることといったら、日に何度か引っ越しを思い描くことだけだった。ここじゃなければどこでもいい。本当に、ここでさえなければ、僕もソンミのように変われると思った。明るくまっすぐに延びた散歩道や、広々とした道路沿いに一列に立ち並ぶ建物。そんな町じゃなくても、いびつな形をした建物や、危なっかしい屋上部屋が立ち並ぶ狭い路地から抜け出せたらどんなにいいだろう。つまり、ここを離れるために、僕は休まず町を駆け巡っているのだった。

男から連絡をもらったのは、それから数日経ってからだった。午前零時近くのことで、社長は揚げたてのチキンを袋に詰めた。袋が湯気でふっくら盛り上がった。僕はチキンの袋に貼ってある住所を確認し、バイクのエンジンをかけた。そこがあそこだとは予想もしなかったからだ。気が付いたとしても、正確に届ける以外に方法はなかっただろうが。一〇二号室の前に来て初めて、そこが数日前に訪れた例のワンルームマンションであることに気が付いた。しかし、ベルを押す以外にできることはなかった。たった二、三日で、チキンが食べたくなって注文の電話を入れたとしても、おかしくはなかったからだ。

ピンポン。

一度目のベルが鳴り、二度目のベルが鳴ったとき、ドアが開いた。あの男だった。ヘルメットをかぶったまま袋を手渡すと、彼は一万ウォン札を二枚取り出した。

ヘルメットかぶっていてもわかりますよ。

手を伸ばし一万ウォン札二枚を受け取ろうとしたときだった。男は真っ黒いシールドの中に隠れた僕の目をじっとのぞいていた。

あのときの……ですよね？

二万ウォンをひったくるようにして取り上げ、お釣りを渡して背を向ければそれまでだった。お金を取ろうとした瞬間、男は親指と人差し指のあいだに挟んだ二万ウォンを自分のほうへ引っ込めると、こうなったのも全部あなたのせいですよ。あのとき、あなたが現れさえしなければ死ねたのに。

僕はシールドを上げた。その言葉で気分を害したからだった。僕は、ちょっと、俺があんたを助けたんだけど、と言い返す代わりに、

えっ？

と小声で訊き返した。男が二万ウォンをポケットにしまいながらつぶやいた。

そんなところに突っ立ってないで、ちょっと上がりませんか？　時間は取らせませんから。

男はヘルメットがすんなり通れるように扉をもう少し開けると、僕の手首を引っ張った。少しだけ、

ほんの少しのあいだなら、と思った僕は、部屋の中に足を踏み入れた。

私、死ぬしか方法がないんです。そうするしかないんです。

男はずいぶん間を置いてからそう言った。香ばしいチキンの匂いが、ひんやりとした部屋の隅々にまで広がっていく。男は箱を開けチキンを一つ頬張りながら、こうなることは決まっていたんです、とダメ押しした。男がごつごつした手をトレパンにさっとこすりつけるたびに、僕はポケットの中にしまわれた二万ウォンを思い浮かべた。ともかく、二万ウォンを受け取ったらさっさとお釣りを渡して部屋を出るつもりだった。そう思いながらも、男の言葉をバッサリ切ってしまえなかったのは、何と言うか、男が自殺を決心するほど不幸で可哀想な人だと思ったからだった。男が自分から金を払うまで、もう少し、もう少し、という思いで待つしかなかった。

一万六千ウォンです。

金の話を持ち出したのは、部屋に入ってから二十分経ったころだった。男が肉厚のもも肉をこちらに差し出そうとしたところで、社長からの電話がけたたましく鳴った。僕は受信を遮断してから、出前が立て込んでいて。

と断りを入れた。男は手に持っていたもも肉をひと口頬張った。くちゃくちゃ立てる音のせいで何を言っているのか聞き取りづらかった。僕が、はい？　と訊き返し、一気に肉を飲み込んだ男が、ゆっくりと言った。

わ、た、し、を、て、つ、だっ、て、く、だ、さ、い。

そして、

手伝ってくれますよね？

と、僕のほうにぬっと顔を突き出した。言ってみれば、そう言ったときの彼は、助けなどまったく必要としていない人のように見えた。僕が手伝ってあげることは一つもなさそうなほど、精神的にも肉体的にも健康そうだった。

何を、ですか？

と僕が訊くと、男は、
ほら、この前の……。わかりますよね？

と言って、人差し指と親指をちゅっちゅっと舐めた。どうにもばかばかしい話だったが、男は話しているあいだ中、深刻な表情でチキンを咀嚼していた。そうしながらも、よく聞き取れない独り言をぶつぶつ言っていた。二万ウォンを受け取りお釣りの四千ウォンを渡し終えても、男は一歩も引かなかった。

僕はヘルメットをかぶりシールドを下ろして、ボソッと言った。

そんなこと言われても。考えてはみますけど。

考える必要もないほどばかげた話だった。あまりにばかげていたからか、男の提案がしきりに思い出された。詰まるところ、金の問題だった。金が手に入れば引っ越し費用がまかなえるだろうし、一日でも早くこの町を後にすることができる。チキンやピザを積んで町を駆け巡りながら、ソンミの面影を思い出さなくても済む。

男は死にたいと言い、手を貸してほしいと言った。毎回、決定的な瞬間に死に損ねてしまい、それ

が死ぬほどつらいのだと打ち明ける男の両目に涙が滲んだ。そして、

だいたい、あのときお宅が現れなかったら、私はきれいさっぱり死ねてたんですから！

と声を荒らげもした。つまり、男の提案はこういうものだった。一度で成功したら五十万ウォン［約五万円］、二度目に成功しても五十万ウォン、そして三度目に成功したとしても五十万ウォン丸々くれるというのだった。もちろんそのあいだ、生活費としてちょこちょこ支出がなければの話だが。男は、

私が確実に死んだら、すぐに通報してくれるだけでいいんです。どうです？　簡単でしょう？

と言った。それだけで五十万ウォンが手に入るなんて、こんなうまい話はないじゃないかと付け加えた。そして、ボロボロの一万ウォン札五十枚を数えてみせた。一、二、三、四、五……。

五十万ウォンですね。

僕がつぶやくと、男は、

はい、五十枚。この五十枚が僕の全財産なんです。

と言った。数日後には家賃も払わなければならないし、止められている都市ガスも復旧しなきゃならないし、滞納している電話代のせいで差し押さえも入るだろうから、その前に死にたいというのが男の望みだった。少なくとも一週間以内に。彼はカレンダーを指差しながら、

保険が失効する前に死なないと、保険金が出ないの知ってます？

と言った。それ以外にも、男が死ぬべき理由はたくさんありそうだった。チキンを食べている姿を除けば、彼が生きている理由など何一つなさそうだった。彼は確実に死ねる方法が必要なのだと言った。

確実な方法なんてあるんですかね？

出前の少ない昼間の時間、狭いホールの店番をしていた僕が質問すると、社長は新聞をバサバサめくりながら、

確実に死ぬ方法ならいくらでもあるさ。生きる方法を探すほうが大変だろうよ。

と言いのけた。お前死にたいのか？　と二、三度訊き返されたこともあったが、ふっと気の抜けたように笑うと、

死ぬのも易しいことじゃないぞ。世の中にそう簡単なことがあると思ってるのか？

と皮肉った。新聞のガサガサという音が店内を埋めつくすあいだ、僕はちらちら男のことを思い出した。緑色の紙幣五十枚が思い浮かび、ソンミのことも思い出し、一日でも早く町を後にしたかった。ソンミのように心残りなくこの町を出て、素敵な未来を描いてみたかった。一体、確かな方法って何だろうか。空中でじたばたしていた男のシルエットがありありと蘇ってきた。探してみれば、たった一つの方法、確実かつ迅速な方法があるのではないか。そんな可能性が次第に膨らんできて、僕は人知れず心を決めた。

僕は一〇二号室の前に立った。あれから二日経っていた。近くにピザを一箱届けて戻ろうとしたとき、男のことを思い出した。完璧な方法を見つける代わりに、失敗した方法を改善するのはどうか？　考えれば考えるほど、なかなか説得力があった。男はずいぶん経ってから扉を開け、ささやいた。

じゃあ、手伝ってくれるんですね？

僕は頷き、バイトが終わってからまた来ると言った。

両目を輝かせている男の前に差し出したのは、オレンジ色の洗濯紐だった。男は紐の端っこをつまみ、宙に持ち上げた。

今度も紐ですか？

その紐、簡単には手でちぎれないらしいんです。

夜が明けるには、まだ何時間か余裕があった。男は紐をしっかりとくくりつけた。電灯を取り除き、天井の奥に手を入れ、丈夫な支えとなるものを探すのは容易ではなかった。男はけっきょく、壊れた椅子の代わりに肩を貸してくれと頼んできた。彼は、
多分……。

と言いながら、僕の肩に片足を乗せ、
そんなに簡単ではないと思いますけど。

と言いながら、完全に跨った。ものすごい重みが体にのしかかった。僕は悲鳴を上げ、男はすまないとつぶやいた。しばらくかかって僕はどうにか膝を伸ばし、男は円い輪っかの中に顔を突っ込んだ。下から、いいですか？　と言ったら、上から、いいですよ、という答えが降ってきた。完璧だ、という合図を聞いたあと、僕は急いでその場から離れた。一瞬にして、男の体が宙にぶら下がった。バタバタと風に翻る洗濯物のように、男が大きく揺れ始めた。

男の顔が真っ赤になった。両手で紐を握りしめ、両足で空中を蹴りまくる男の様子を見守っていたが、二秒も経たないうちに、僕はまた男の足の下に飛び込んだ。男の両足が無差別に頭を攻撃し、や

っと肩を見つけて踏みつけた。
だ、大丈夫ですか？
と僕が尋ねると、男は激しく息を吸い込みながら、
だ、大丈夫ですよ。
と言った。そう言いながらも、両足はおとなしく僕の肩に乗せられていた。僕がその場を離れると同時に、男の体が空中にぶら下がる。もがく男を見ていた僕がまた足元に駆け寄り、肩を踏んだ男がものすごい量の空気を吸い込んでから咳込む、という過程がくり返された。そのたびに、
大丈夫ですか？
と訊くと、
大丈夫ですよ。
という答えが返ってきた。ともかく、僕は何度も男を助けた。いつも間一髪のところで。もう少し放っておけばという後悔は、毎回、男を救ったあとにやってきたため、男の死は先延ばしになった。しまいに男が、
ああ、疲れた。それはそうと、夜が明けたんじゃありませんか？
と言った。依然として僕の肩を踏んづけたまま。半地下のため天井ぎりぎりの所にある窓から、白々と夜が明けつつあった。突っ込むときと同じように、男の顔が丸い輪っかからゆっくり外された。そして、男のずっしりとした体が床に転がった。
もう本当に、四日しか残ってませんね。

長いあいだ突っ伏していた男が、頭をもたげてつぶやいた。失敗だった。また僕のせいだった。僕のせいにされても仕方がなかった。もっと効果的で易しい方法を見つけなければ。

今度こそちゃんと見つけてきます。

男にそう約束してから、僕は一日中死に方ばかり考えていた。狭く薄汚れた路地を駆けながら、宙にぶら下がる方法以外の全ての可能性を、じっくり検討してみた。大量の睡眠薬を飲むという方法は、購入費がかかるため最初に除外され、建物の屋上から飛び下りる方法は、飛び下りるほど高い建物がないため不可能だった。練炭を燃やす方法もあったが、一体どこで練炭を手に入れればいいのか？滑らかなカミソリで手首を切る方法は、助かる可能性が高かったのでやはり不安だった。男は、

こんなことしてたら全財産を税金で持っていかれるかもしれない。

と焦り、

確実に死ねますかね？

と訊き返した。何でもいいから急いで実行するしかなかった。いずれにせよ、生きているより死んだほうが色々な面ではっきりする。男の死を確認すれば僕は五十万ウォンを手に入れ、男の家族には彼名義の巨額の保険金が入るのだ。この家にはまた別の人が越してくるだろうし、その人がチキンやピザの出前を取る前に、僕はこの町を離れられるだろう。男が死ななければ？　確かなことは何一つなかった。ともかく男は死にたがっており、死ななければならず、死んだほうが良さそうだった。

男は、建物の屋上から飛び下りるという計画が失敗に終わると（確実に死ねそうな高さの建物はどこも、屋上の扉にしっかり鍵が掛けられていた）、カッターナイフで手首を切ることにした。彼は部

屋に戻るなりカッターを握りしめ、左手首をずいぶんと長いあいだにらみつけていた。そして、
ここをざっくり切ってもらえませんか？

と言いながら、僕を振り返った。ついついカッターを受け取ってしまった僕は、男の手首をじっと見下ろした。真っ青な血管を見つめていると、今さらながら男は生きているのだという気がした。血管は若々しく、休みなく脈打っていた。おそらく、一度も休むことなく脈を打ち続けてきたのだろう。男は顔をそむけたまま、ぎゅっと目をつぶった。

やっちゃってください。

男が急かし、僕は、
ちょっ、ちょっと待ってください。

と、鋭い刃でここぞというポイントを探った。カッターの刃が男の手首の辺りにツンツン触れるたびに男は、あ、あ、と声を上げ、早いとこざっくりやっちゃってください、ざっくりと、と僕を急かした。けっきょく、僕は男のように目をぎゅっとつぶってつぶやいた。

で、できません。

そして、またもや夜が明けた。高い位置にある窓が明るくなるのを見上げるたびに、とても申し訳ない気がした。男が部屋の床に崩れ落ち、もう二日しか残っていないとつぶやいた。保険会社や通信会社、電気やガスの会社から待ち構えていたように最後通告を送ってくるまで、わずか一日しかなかった。それも、僕ができる限り迅速に男の死を通報すると仮定した場合の話だった。窓の外を慌ただしく行き来する人々の足音が、近づいては遠ざかっていった。

今日こそやります。覚悟しておいてください。

僕は涙でてらてらしている男の両目から目をそむけるように立ち上がった。

覚悟って？

男が鼻をすすりながら訊き返し、僕はもう一度念を押した。今日こそは、絶対に、覚悟を、しておいてください。つられて立ち上がった男が瞬きをした。

だったら、来るときに、チキンを一箱持ってきてもらえますか？　どうせだから、もう一度食べたいなあと思って。一万……

いつもの癖で一万六千ウォンですと言いかけた僕は、口をぎゅっと結んだ。五十万ウォンから一万六千ウォンを差し引かなければならないのはどうにも悔しかったが、どうせ明日になればこの世にいない人だ。僕は頷き、男はそうっと扉を閉めた。

いつものように、僕は一日中、狭くて薄汚れた路地を駆け巡った。オートバイとすれ違うたびに、香ばしい油やチーズなどの匂いが微かに漂ってきた。また別のオートバイが通り過ぎると、また別の匂いを残していく。匂いは路地の隅まで漂っていっては、すれ違ったり出くわしたり戻ったりしながら、みすぼらしい町を埋めつくしていた。もしかするとこの町は、朝から晩まで腹を空かせているのかもしれない。誰かがピザの箱を捨てるとき、別の誰かはチキンの店に電話をかけ、また別の誰かはジャージャー麺をすすり上げていることだろう。僕はずらりと並んだ窓にちらっと目をやりながら、まだ生きている男のことを思った。

男は扉を開けるなり、まずチキンを受け取った。いつものようにまず手羽を、その次に二本のもも

肉にかぶりつきながら、
今日こそは成功しないと。ね、そうでしょう？

と念を押した。僕は黒いビニール袋から練炭と着火炭を一つずつ取り出し、今度こそ大丈夫だと断言した。そうなってほしかった。今日こそ男は死ねるだろうかと自問しながら、今日も死ねないだろうという予感が密かに膨らんでいった。

今日こそは、絶対に、成功させます。

今日こそは、成功してもらわないとね、絶対に。

緑色のガムテープで窓の隙間をふさぎ、玄関扉の取っ手をぐるぐる巻きにするまでは、これといった問題はなかった。僕が部屋の真ん中に練炭と着火炭を置き、火を点けるときも。なかなか火が点かず何度か試すあいだ、男は残ったチキンのかけらを口の中に放り込んでいた。練炭の穴に乾いた紙切れを押し込むと、間もなく火が点いた。

あのう、もうちょっと、ここにいてもらえますか？

煙が立ち上り、練炭が燃え出すと、床材が溶け始めた。

もう少しだけ、ここにいてから出てくれませんか？　私が息を大きく吸い込みますから。そんなに時間は取らせませんし。

男は腹を思いっきり膨らませて息を吸った。つまり、死にはしない程度まで辛抱してから部屋から出ていってほしいという頼みだった。緩めに張り付けたテープをはがして玄関扉を開ければすぐ外だった。僕は扉の前でもう少しだけ辛抱してから部屋の外に出てしまえばそれまでだった。男は鍵を閉めてテープで扉を封じる手筈になっていた。僕は十分ほど待ってから警察に通報すればいい。気を失う前に、迅速に。僕は何度も腕時計に目をやり、それよりも頻繁に、かすんで見えなくなっていく男を見つめた。咳き込み、目がヒリヒリ痛み始めたときも、男はまだ、
まだそこにいます？　いますよね？

と叫んでいた。そして、僕は気を失った。扉のすぐそばで。

男だった。目を開けると、男の大きな顔が真っ先に飛び込んできた。彼は絶望的な面持ちで僕を見下ろしていた。

死ねませんでした。

男は困り果てたように顔をゆがめた。男も僕も病衣を着ていた。僕はようやく、僕たちの試みがまた失敗に終わったことに気が付いた。今回も僕のせいだった。薄いカーテンの向こうで、簡易ベッドが運ばれていく音が騒々しかった。叫び声やむせび泣く声などが、どっと迫ってきたり、遠ざかったりした。

救急センター、みたいですね。

男は答える代わりに僕のほうに体を屈め、耳元に乾いた唇をピタリと寄せた。

このまま、知らんぷりしたりしませんよね？

男は第一声でそう訊くと、続けて、
もう後には引けませんよ。めちゃくちゃになった部屋の修理までするはめになっちゃったんですから。

とささやいた。唾を飲み込む音が、耳元を巡って、朦朧とした頭の中にポトポトと落ちた。

もう、絶対に、成功させるしかないんです。

医者から、軽い一酸化炭素中毒の症状が疑われるという診断が下され、男と僕は並んで高圧酸素治療を受けた。病院からもう二、三日入院することを勧められたが、男も僕も、治療費を払うのに余財を使い果たしてしまった。死んでいたらもらえるはずだった五十万ウォンが、死にそびれたせいで全て水の泡になってしまったのだ。

病院の建物を出るなり、冷たい空気が一気に襲ってきた。白々と夜が明け始めていた。僕と男は並んで歩いた。

あとで、来ますよね。

時折めまいがして吐き気が込み上げてきたが、僕はそのたびに頷いた。僕のせいなのだから、男との約束は守るべきだ。それに、今では男は、僕の命の恩人だった。僕が、
チキンは？

と尋ねると、男は、
死ぬ前にもう一度食べられたら嬉しいです。

と笑った。今日こそは必ず、そのチキンが最後の食事になるようにするのだ。今日こそは、絶対に、覚悟を、しておいてくださいね。僕が念を押すと、男が頷いた。昨日やおとといのように、僕はまた町をぐるぐる駆け巡りながら、確実に死ねる方法を探し求めなければならないだろう。今日こそは見つかるだろうか。顔を上げると見慣れた風景が目に飛び込んできた。遠くから見ると、一気に転げ落

ちそうな急勾配の風景だった。ともかく、僕たちは足並みを揃え、再び町へと戻っていった。

＊歌手の月光《タルピッ》妖精逆転満塁ホームラン（달빛요정 역전만루홈런：一九七三‐二〇一〇）の歌「チキン・ラン」を聴きながら書いた。

カンフー・ファイティング

その自転車はインターネットで中古で購入したものだったが、けっこう使えた。いや、使えたどころか、僕にはもったいないくらいだった。時折自転車は、僕にこんな質問を投げかけた。

君に僕を所有する資格があるのかな？

僕をドキドキ、ハラハラさせるものがあるとしたら、それは、その自転車だけだった。僕のガラクタだらけの持ち物の中で一番輝いていたもの。一緒にいると、さえない僕でも輝くことができそうな勇気のようなものが湧いてきた。だから、片時も自転車から目が離せなかった。

カフェに座って窓の外ばかり見つめていた。自転車のせいだった。街路樹にくくりつけておいた自転車にもし何かあったら。例えば、誰かに唾を吐かれるとか、ジュースをこぼされるとか、走ってきた自転車やオートバイにぶつかられるとか。それ以外にも、起こりうる悪いことは数えきれないほどあった。僕はなるたけ多くの仮定を思い描き、前もって対処法を考えた。

あんたも最近、悩みが多いのね。

向かいに座っているジスが言った。真面目腐った顔をして。半年ぶりに会ったのに、何一つ変わっていなかった。むしろ状況はひどくなっていた。ただ自転車を見ていただけなのに、ジスは僕の表情の一部から、悩みの痕跡でも発見した人のように喜んだ。

そんなことないけど。

わかるって。あんただって大変よね。

ジスは、会社を移るだの何だのという問題について話しながら、しきりに靴をいじった。靴擦れして、痛くて泣きそうだというのだ。目を合わすまい。そう思えば思うほど目が合った。厄介だった。ジスは、いつでもどこでも泣く準備ができていた。それって泣くようなことだっけ? こちらが悩むより先に、とりあえず泣いておこうとするのだ。それはともかく、自転車が気になって仕方がなかった。僕の予想どおりなら、ジスはなかなか席を立たないだろうし、そうなると僕は、カフェの中には持ち込めない自転車を見守り続けるしかなかった。ジスは、飲み終えたコーヒーカップを見下ろしながら、もうひと言付け足した。

もう一杯飲む?

ジスが取り出したのは、保険商品のカタログだった。僕にまでこんな物を差し出すなんて。よほど大変なんだなと思ったが、それはもうジスの周りで保険に入っていないのは僕だけという意味でもあった。みんな入っていて、僕だけ入っていないなんて、これってちょっと問題なのかな。不安な気もしたが、それも一瞬のことだった。僕が、
俺、最近インスタントラーメンしか食ってないし。

と言うと、カタログを広げ説明を始めようとしていたジスが顔を上げた。

あ、そうなんだ。

一日二食のうち、一食は必ずインスタントラーメンだった。カップラーメンと袋ラーメンを代わる代わる食べ、ジャージャー麺やビビン麺［コチュジャン、酢、ごま油、砂糖などの入った合わせ調味料をよく絡めて食べる麺料理］も食べた。お湯さえあれば十分たらずでおいしい料理になるなんて、本当にすごいよな。そんな話を付け足そうとしたのに、ジスが突然、深刻モードになった。

全然知らなかった。あんたも大変なのに、ごめんね。

そんなことないよ。

ジスはしきりに謝った。ラーメンがどうしたっていうんだ。毎日ラーメンを食べてるやつは、不憫でかわいそうだというのか。あきれて言葉が出なかった。ジスは靴を脱いで踵を触りながら、再び言った。

そうよね、みんな大変よね。私もこのままだと、ヤクルトレディでもやるしかないかな。

とりあえずヤクルトレディの話でもするべきだろうかと、一瞬迷った。例えば、とても暑い夏の日、二、三羽の鳩ぐらいしか見かけない午後、車と並んで横断歩道の前に立ち止まり、猛然と戦いに挑むおばさんの姿について。それはまさに、「ファイティング」という言葉でしか説明のしようがなかった。三十八度から三十九度のあいだを上下する気温、ムッとした空気、気だるい季節といったものに立ち向かう姿。目に見えない敵を相手に、ただただ負けないだけの戦いが、果たしてできるだろうか。

ジスがため息をついた。

それはそうと、これから何をするつもり？

自転車に乗るつもりだけど。

そうじゃなくて。あんたも、仕事しなきゃいけないんじゃない？

まあね。

何をするつもりなの？

何でも。

いつから？

明日。

明日？

うん、明日。僕は適当な返事をして立ち上がった。本当に明日からするつもりなの？　ジスは鞄に収めたカタログを再び取り出した。カタログは、とりあえず僕が持って帰ることにした。カフェの前でジスと挨拶を交わしてから、携帯を取り出した。足を引きずりながら横断歩道を渡るジスの後ろ姿が見えた。音楽を選び、イヤホンを付けた。真っ平らだった気持ちのどこかに、少しばかりしわが寄った気がした。誰かが空き缶を軽く握りつぶしたときのように。でもまあ、今はまだ自転車に乗っていられる。

僕は市場を通り抜け、四車線道路が見渡せる場所からスピードを上げた。大統領官邸の前を通り過ぎ、安国洞《アングクドン》や三清洞《サムチョンドン》のほうへ抜けるつもりだった。夜は人通りが少なかった。僕は思いっきりペダルを踏んだ。音楽を聴きながら。歌詞がリピートされる歌だった。聴いているうちに気分が上がってきた。

世界中の人がみなカンフーしてる
みんなが自分の役割を知っている
それぞれが別々の武術を習い新しい拳法が生まれるのさ
はじめはおどおどしているがそのうち達人になるんだ

世界中の人々が一カ所に集まってカンフーをする。みんなが前を向き、脚を広げて手の平を合わせ、気合を入れて宙を切り裂く。体が火照って汗が流れる。人口六十億なのだから、地球の温度が一、二度ぐらいは上がるかも？　僕は、六十億人のあいだに挟まれた自分の姿を想像し、いっそう力強くペダルを踏んだ。何でもやれる、という思いがちらりと脳裏をよぎり、たかがカンフーごときで？　という思いがあとに付いてきた。

どこへ行くんですか？

黒服の男が僕の前に立ちはだかった。片方の耳に無線機を付けていて、えらく深刻そうな表情をしていた。僕はよろけそうになりながら、片足で自転車を止めて言った。

あっち、あっちへ行くんですけど。

何をしに行くんですか。

別に、ただ。

それはどういう意味ですか？

男はあきれ返った表情を浮かべ、昼間に出直すようにと言った。十分後には通行止めになると言うのだ。どうしてですか？　と訊こうと思ったが、僕はおとなしく背を向けた。無線機のせいだった。ちょうどそのとき、無線機からノイズのようなものが聞こえてきて、男が顔をしかめた。まるで当てつけるかのように。今度来るときには、理由を用意しとかなきゃだめなのか？　男が僕の後頭部に向かって叫んだ。

自転車は引いて行ってください。

僕が振り向くまで待って、もうひと言付け加えた。ここでは些細な事故でも起こしてもらっては困るんです。僕は自転車から飛び降りた。どんな事故が起こるっていうんだ。でも僕は、男が見えなくなるまで、おとなしく自転車を引いて歩いた。

そして数日後、再びそこへ行った。そこへ行くつもりではなかったのに、気が付いたらそこにいた。特に目的地を決めていたわけではなかった。昼間だったので、カメラを手にした人が多かった。観光バスが停まると、聞き慣れないイントネーションや発音の言葉が、わっと溢れ出た。彼らは、噴水台の中央にある鳳凰［大統領官邸である青瓦台（チョンワデ）前広場の噴水台に置かれた大統領を象徴する像］をバックに写真を撮ったり、正門に向かってシャッターを切ったりしていた。僕は遠く離れたベンチから、写真を撮る人たちを眺めていた。

あの、それは、ただの正門ですけど。

正門じゃないですよ。私たちはソウルを撮っているんです。

その正門はソウルなのかもしれなかった。いや、ソウルが正門なのか？　ともかく、みんなが気の毒なほど一生懸命だったので、誰でもいいから一度ぐらいは正門を開けて現れ、手を振るとか、ポーズでも取るとかするべきではないかと思った。じゃなければ、等身大のパネルを作ってフォトゾーンを設置するとか。でかでかとしたSEOULという文字を付けてもいいだろう。でも、みんな忙しそうだった。正門の外にいた人々は、休む間もなくシャッターを切り、急いで次の場所に移動していった。正門の内側も状況はさして変わらないだろう。

ベルを押して入れるような所ではないため、僕は想像するばかりだった。あの向こうには、一体どんな時間が流れているのだろうか。みんな何をして一日を過ごしているのだろうか。SPや秘書官、運転手、主治医、庭師に掃除係、コックといった具体的な職業や業務を与えられた人たちが、実はすごく退屈そうな顔で、こっそり外を眺めているのかもしれなかった。でなければ、役職や業務に見合った何かをしようと、あちこち駆けずり回りながら時間を早巻きしているのかもしれない。正門の向こうで起こっているだろうことの想像に没頭していると、誰かが声をかけてきた。

どうかなさいましたか。

蛍光色のベストを着た戦闘警察［デモなどから治安を維持するために警察に出向させられた陸軍の軍人］だった。電池で動く人形のように、一定の区間を行ったり来たりしていた彼が、僕のほうに近づいてきた。

何でもありません。

はい？　何が何でもないんですか？

何でもありません。

何がですか？　何が何でもないんですか？

戦闘警察が何度も尋ねた。仕方がなかった。

もう行かないと。

僕は立ち上がった。

三清洞を通り抜け、光化門《カンファムン》のほうへ歩いていった。どこも人で溢れていた。とてもじゃないが、自転車に乗るのは無理だった。自転車を引いてゆっくり歩いた。読めもしない外国語の看板をじっと見上げたり、駐車場や空き地に座ってタバコを吸ったりした。排気ガスで真っ黒になった木の幹をつついてみたり、電線が絡まり合っている電柱を眺めたりした。そんなときは決まって、
大丈夫ですか？

と、誰かが現れた。大丈夫かって、何が？　少しでも油断すると、いつでもどこでも、大丈夫かと人が寄ってきた。慰安婦像を見物しているときも同じだった。建物の前に置かれている銅像だった。韓服を着ていて、肩に座った鳥が可愛かった。触ろうとしたら、誰かが声を張り上げた。

何をしているんですか？

正門を警備していた護衛が近づいてきた。高級モーテルかと思ったら、日本大使館の前だった。

何でもないですけど。

どこから来たんですか？

護衛の表情は硬かった。家から来たんですけど。と言いかけた言葉を呑み込み、横断幕を読んだ。銅像の前に置かれた花やロウソクなどを見下ろしたりもした。それだけだった。護衛は二、三歩離れて僕のことをじっと見ていた。ふと、僕は危険人物なんだろうか、と考えた。危険？　そうなのかな？

ただ、ちょっと、これに触ってみようと思って。

どうしてですか？　何か問題でもあるんですか？

仕方がなかった。僕は首を横に振り、その場を離れた。光化門広場で世宗《セジョン》大王や李舜臣《イスンシン》将軍の銅像の周りをぶらぶらしようと思ったが、そこも人でごった返していた。人々のカメラに写らないように、あっちへこっちへとよけていたら、いつの間にか広場の端っこにいた。とてつもなく長い一日だった。

夜の街は自転車で走りやすかった。景福宮《キョンボックン》駅を過ぎ、警察庁のビルを右折する。そこからは平坦で広々とした大通りだ。街は口を閉じたように静かで、歩道には舗装用ブロックがぎっしりと敷き詰められている。自転車のタイヤが薄っぺらな紙の上を滑っているような錯覚を覚えた。こんな道なら一晩中でも走っていられるな。そう思った矢先、
ガタンと自転車が揺れた。タイヤが空中にわずかばかり跳ね上がり、地面を打つとき尻をぶつけた。ブレーキをかけた。振り返って見ると、男の人が横たわっていた。世宗文化会館のベンチの下に。数人の人たちが、テーブルや照明器具などを片側に寄せ、建物を掃除しているところだった。巨大な電動歯ブラシのようなものが、まっすぐに延びた大きな階段の上を動くたび、奇怪な音を立てた。男はそんなことなどおかまいなしにベンチの下に横たわり、微動だにしなかった。片腕を歩道側に伸ばしたまま。
自転車で男の腕を踏みつけたのだった。
僕は自転車から降り、ベンチの周りをうろうろした。遠目に見ると、誰かが男の片腕を道に放り投

げておいたかのように見えた。バス停に立っている人々が、こっちをチラチラ見ていた。何だか嫌な予感がした。案の定、道の真ん中を歩いていた戦闘警察が、僕のほうへ近づいてきた。

どうしたんですか？

戦闘警察が尋ねた。僕は地べたに寝ている男を指差した。髪と髭の長い男だった。

あのう、腕を踏んでしまって。

男の手は真っ黒だった。戦闘警察は腰を屈め、ベンチの下のほうをのぞきこんだ。

ああ、腕をですか？　ちょっと待ってください。

そう言うと、男の腕をベンチの奥へ少し押し込んだ。男の手が歩道ブロック一つ分奥に入った。

もう行ってもいいですよ。

えっ？

行ってもいいです。

戦闘警察がジャンパーで手の平を拭った。彼が去るのを待ってから、ベンチの下をのぞいてみた。男はまったく動かなかった。僕は片足で自転車を押しやり、男のほうにぴったり寄せた。男は、布団でぐるぐる巻きにされたような、大きなジャンパー姿だった。僕は片足で、男の腕をもう少し奥へ押し込んだ。誰かに踏まれないように。腕がベンチの下に収まった。押し込むついでに、枕元に置かれた鞄も押し込んでやった。何度もベンチを振り返り、そのまま走り出した。スピードを上げた。聖公会聖堂の前を抜け、徳寿宮《トクスグン》まで一気に駆け抜けた。電光掲示板の消えた交差点は静まり返っていて、そんなときはふと、都市の秘密を知ってしまったかのように気まずい感じがするのだった。

大漢門《テハンムン》の前で信号待ちをしていた。待っているあいだ、その辺りをぐるぐる回った。掲示板のお知らせを読んだり、点字のポスターを読んだり、暗がりのチケット売り場の窓を叩いたり。ぐるぐる回っていると、テントの中から誰かがぬっと顔を突き出した。毛糸の帽子をかぶった女の人だった。女の人は顎の下までジャンパーのジッパーを上げた。風が吹くたびにテントが激しく揺さぶられた。女の人が、短くなったろうそくの燃えかすを道のほうに投げつけながら言った。

ちょっと、そこ、電気コード踏まないでよ。電気コード！

よく見ると、道の上に散らかっている電気コードは、全てテントの中へと続いていた。僕はすぐさま降りて、自転車を動かした。

それも踏まないで。

女の人が路上に貼られているビラやポスターを指差した。二人仲良く肩を並べて歩いている戦闘警察が、何事もなかったようにそばを通り過ぎていった。前方だけを見つめて行ったり来たりする人形のようだった。女の人が、倒れているイーゼルを指差しながら言った。

ちょっと、それ触ったの？

とがった声だった。

いいえ。

まったく、みんなそう言うのよね。みーんな。自分はやってないって。

女の人が目やにを取り、顔をこすった。横断歩道が青信号に変わった。渡らなくちゃいけないのに。

僕は二の足を踏んでしまった。女の人がだるそうに身体を起こし、テントの外に出てきた。

さっき、バタンって音がしたんだけど。倒したんだったら、元通りにしていくのが当たり前でしょう。

信号が点滅し始めた。

本当に僕じゃありません。

そんなことどうでもいいから、それ、元通りにしておいてよね。

こうですか？　と訊こうとしたが、まず倒れていたイーゼルを立て直した。女の人はテントの周りに落ちているごみを拾った。空き缶やタバコの吸殻、ティッシュやガムの包み紙などを拾い上げ、道路のほうに放り投げた。腹を立てた様子で、悪態もついた。悔しくなった。

落ちたやつも掛けておいてよ。元通りにしなさいよ、元通りに。まったく、むかつくわね。

僕は、地面に落ちている宣伝ポスターを拾い上げた。復職、解雇などという単語が、イラストと一緒くたになっていた。文字もイラストも粗雑極まりなかった。イーゼルにポスターを掛け、落ちているポスターを拾い集めた。テントの脇のほうにポスターを並べていると、女の人が訊いてきた。

ところで、こんなところで何してるの？　あんた誰？

僕も以前、署名のようなものをしたことがあった。この場所を通り掛かったとき。他の人たちと同じように、空欄に名前と住所、連絡先を書き込んだ。どうもありがとうございます。そんな挨拶を聞いたこともあったような気がするのに、ひどい仕打ちだと思った。女の人は、当てつけるように両手をパンパンと叩くと、さっとテントの中に入ってしまった。ありがとうのひと言も言わずに。

自転車に乗って市庁広場を回った。大きく円を描きながら。誰もいないときは、芝生の上をまっすぐに横切った。スカッとした。ホテルの窓を見上げ、おかしな形をした市庁の建物をにらみ付けながら、カンフーをする人たちの歌を聴いた。もうひと回りしたら家に帰ろうと思うのに、一周すると、もう一周と思うのだった。どんどん速く、どんどん激しく。次第に、自分が回っているのではなく、市庁が、ホテルが、古宮や広場が回っているような錯覚を起こした。みんな回っているのに、僕だけがぼんやり突っ立っているようだった。いつまで回っているのか見届けてやろう、という気持ちでペダルをこいでいたのだが、そのうち、見えない何かを相手にしているような気がしてきた。勝てるわけがないと思えば思うほど意地になった。

夜が深まると自転車を止め、芝生の上に立った。両腕を前ならえの形にし、脚を開いて呼吸を整えた。そして両腕で円を描きつつ右後ろに一歩下がりながら、宙を突く想像をした。腰を落としてじっと虚空をにらみつけて、空中に軽々と体を浮かべて虚空を切り裂いていく自分の姿を思い描いた。そして気分が高まると、拳を握りしめ、ある姿勢を真似てみた。ふりをしただけなのに体が熱くなった。暗闇の中に相手がいるかのように昂ぶりを覚えた。口の中がカラカラだった。だから続けた。疲れ果てるまで。そのうち、激しく肩で息をし始めた。

向こうで誰かが口笛を吹いた。ホテルのほうだった。ホテルの玄関に四、五人の人が立っていた。顔が小さく背が高かった。白人のようだった。彼らは頭の上で手を振り、拍手をした。

あ。

僕は、動きを止めて唾を飲んだ。顔が火照った。僕が見ていることに気づいた彼らは、口でメガホンをつくって大声で叫んだ。ぴょんぴょん飛び跳ねたりもした。そして、またもや誰かが現れた。ホテルの前に立っていたガードマンがこちらに歩いてくるのが見えた。僕は素早く自転車に飛び乗った。何度も足が滑った。しばらくしてやっとペダルを漕ぎ始めた。言わずもがな、またこう訊かれるに決まっている。

どうかしましたか?

やることがない。

時間は死ぬほど経たなかった。一週間経ったかなと思ってカレンダーを見ると、ほんの二、三日しか経っていなかった。昼間は教保《キョボ》ビルの近くをぶらぶらしたり、光化門広場で人々を眺めたりした。お昼時になると、ビルの中にいた人々がどっと街に溢れ出てきた。交差点をいっぱいに埋めた人々が、青信号になるや、一斉に道を渡った。足早に、颯爽と。そして、道を渡るとあっという間に散らばり、みなどこかへ消えていなくなった。

人々に挟まれるようにして道を渡り歩いた。清渓川《チョンゲチョン》のほうへ向かい、プレスセンターまで歩き、そこでタバコを吸うと、また広場へ戻った。バス停の前でコーヒーをすすったり、音楽を聴いたりもした。三十分ぐらい経ったかなと思って時計を見ると、十分しか経っていなかった。十分は経っただろうと思ったら、ほんの二、三分だった。

それでも歩き続けた。立ち止まると厄介なことになるから。ビラや紙を持った人たちが声を張り上げていた。彼らは、新聞やボールペンを配り、付箋やウェットティッシュを手渡した。化粧品のサンプルやティッシュなどもあったが、ほとんどの人が素通りした。中には、片手を上げてみせたり軽く会釈をする人もいたが、それもやはり受け取らないという意味だった。僕のように、わざわざ手を差し出す人はいなかった。

あ。

手を差し出すと、何かを配っていた人たちが、驚いた顔をして僕を見つめた。僕は、署名してくださいと言われれば署名し、どうぞと言われれば受け取った。読んでみてくださいと言われれば読み、聞いてくださいと言われれば聞いた。でも、喜んだり、ありがたがる人はいなかった。みな無愛想でよそよそしかった。そんなときは、なぜか決まり悪かった。ちょっぴり恥ずかしく、また、何か悪いことをしたような気になった。

道端にしゃがみ込み、ウェットティッシュを数枚取り出した。ハンドルやサドル、ペダルを拭き、チェーンの周りを隅々まで拭いた。爪の先で熱心にタイヤの隙間を拭いていると、誰かにぽんと肩を叩かれた。

エクスキューズミー。

大きなトランクケースを提げた人たちだった。彼らは季節外れの服装をして、恥ずかしそうにほほ笑んでいた。僕は彼らと額を突き合わせ、地図とガイドブックをのぞき込んだ。携帯で地名や商号を検索したりもした。懸命に見て、夢中になって探した。何としてでも教えてあげるんだと決心したのに、また誰かが近づいてきた。

どうかなさいましたか?

赤い帽子をかぶった女の人たちだった。二人は韓国語で質問し、次に英語で、その次は日本語で訊いてきた。僕はもじもじしながら一歩、また一歩と後ずさりした。自然とそうなった。それから、少し離れた所に立ち、彼らの後ろ姿をじっと見つめていた。それから、また当てもなく歩いたり、その周りをうろついたりした。夜のあいだに行った場所にもう一度行ってみたり、新たな場所を探してみたりもした。夜見たものは昼間見ると見慣れない感じがし、昼間見たものを夜見ると新しく感じられた。

夜になると、少しずつ行動範囲を広げた。とりあえず世宗路に沿って走り、適当なところでハンドルを切った。狭い路地に入ると、酒に酔った人たちが歌を歌いながら飛び出してきた。目の前で大きな立て看板が倒れたこともあった。僕は、止まっているタクシーやリヤカーなどをかわしながら走った。

ダンボール箱や空き缶を積んだリヤカーは突然現れ、死んでもよけてくれなかった。ベルを鳴らしても無駄だった。勝手によけて通れという具合だった。僕は片足で地面を蹴りながら、リヤカーのあとに付いていった。後ろから見ると、高い建物をありったけ積み上げたように危なっかしく見えた。

さてさて、このスピードで今日中に家に着けるでしょうか?

僕はひとりごちながら、待って、待って、待ち続けた。とりあえず、前に進むには進んでいたから。リヤカーの持ち主は、路地のど真ん中にリヤカーを止め、ビルの近くを長いあいだ歩き回った。ひどくのろい歩き方だった。僕は、リヤカーの中の分別された廃品をのぞき見たり、箱に書かれた文字を読んだりした。しばらくすると路地が二手に分かれたので、ハンドルを切った。

そして、再び自転車を止めた。

青いポリバケツが並んでいる路地だった。胸まであるポリバケツが路地の半分を埋めつくしていた。地面に赤や黒の汁が広がり、正体不明の食べ物がバケツの外にはみ出していた。しなびたキャベツや魚の骨、のびきった麵のようなものがフタにくっついていた。ひどい匂いがした。引き返したほうがいいかな。ためらっていると、真っ黒い頭がぬっと持ち上がった。

男の人だった。

彼はポリバケツの合間を縫って歩きながら、一つずつフタを開けていった。フタを開けて頭を突っ込み、ポリバケツの中をのぞいた。素通りするポリバケツもあったが、たいていは長らくその場に佇み、じっと中をのぞき込んでいた。そして、何かを口に運んだ。片手に持った爪楊枝のようなもので、ポリバケツの中の物をつまんで食べているのだった。

野良猫たちがポリバケツの周りをうろついていた。彼は何かを食べているあいだも、途中で足蹴りをしてみたり、腕を高く振り上げてくすくす笑ったりした。猫たちは僕がいる所まで逃げてきては、またポリバケツのほうへ戻っていった。オートバイのライトのようなものが辺りをさっと照らして去り、誰かが生ゴミをポリバケツに移して戻っていった。サンダルを引きずって歩く音が遠ざかっていった。そんなことはおかまいなしに、彼は自分の仕事に没頭していた。僕はペダルの上に片足を乗せたまま、口を開いた。

あの、そんなもの食べちゃダメですよ。

とても美味しいですよ。食べてみます？

カシャカシャ。背後でシャッター音が聞こえた。誰がこんな所で？　と思ったら、ピカッとフラッシュが光った。男が二人と女が一人。観光客のようだった。キャップをかぶった男二人は半袖姿で、女はスカーフで顔を覆っていた。三人とも片方の腕にショッピングバッグを三、四個ずつぶら下げ、熱心に写真を撮っているところだった。シャッター音が立て続けに聞こえた。そんなつもりじゃなかったのに、

彼らと目が合った。僕は自転車をつかんで後ずさりした。壁のほうによけて立つと、すえた匂いが鼻を突いた。彼は依然としてポリバケツの中に顔を突っ込んでいる。小さいものはひと口で、大きいものは頭を仰け反らせて口を大きく開けた。食べること以外は何一つ重要ではないかのように。

そして、彼らはその人を写した。

スカーフを巻いた女が僕に近づいてきた。思ったより背が低かった。顔は小さいのに、目がとても大きいのが不思議だった。女性はピクチャー、フォト、プリーズ、そんな単語をハキハキと発し、カメラを差し出した。片手にすっぽり収まるサイズだった。カメラを受け取った僕は、馬鹿みたいに笑ってしまった。笑おうとしたわけではなかったから、いささか複雑な気持ちになった。困った状況だった。女が彼を指差した。僕はまごつきながら、またも笑ってしまった。向こうのほうで半袖姿の男の一人が手を挙げてみせた。

青いポリバケツと彼を背景に、三人の外国人が肩を組んだ。三人とも真っ白い歯をのぞかせて、にっこり笑っている。歯磨き粉の広告にでも出てきそうな、明るい笑顔だった。僕はカメラを持ったまま、しばし中途半端な格好で立っていたが、膝を曲げて腰を落とした。顔にピントを合わせるとバッ

クが消え、バックにピントを合わせると表情がぼやけた。僕はズームにしたり元に戻したりしながら、液晶画面だけを見つめていた。彼は画面の端っこで半分に切られたり、元に戻ったりをくり返した。

僕は一、二と言ってから、ワン、ツー、スリーと言い直した。一枚だけ適当に撮ってやればいい。目をぎゅっとつむるかのようにシャッターを押した瞬間、誤ってカメラを落としてしまった。彼のせいだった。うつむいたまま口をもぐもぐさせていた彼が、いきなり顔を上げたのだ。指のように長く丸いものが、爪楊枝の先に引っ掛かっていた。ソーセージだった。切り取ったステーキのようでもあり、ちくわのようでもあった。爪楊枝でつまむには大きく分厚かったが、彼はうまい具合にバランスを取って、それを持ち上げてみせた。そして目が合った。本当に？　ともかく、目が合ったと思った瞬間、彼がニッと笑った。

ポロリ。カメラが地面に落ちた。ぐしゃっという音がして、プラスチックの破片のようなものが跳ね返ってきた。オロオロしていると、外国人の男が駆け寄ってきた。男の手が素早くカメラを引ったくった。手の甲が金色の毛で覆われていた。男がカメラを四方から見回した。すると、別の男が駆け寄り、女も遅れて割り込んできた。荒々しい発音が飛び出し、早口になった。何を言っているのか、さっぱりわからなかった。不安になった。ちっぽけなカメラは、三人の手をせわしなく行ったり来たりした。

僕は三人の様子をじっと見守っていた。重大な判決でも待っている人のように汗が流れ、喉が渇いた。逃げようかと思ったが、足が動かなかった。ついに女が僕のほうに向き直り、カメラを突き出した。僕が確かめようとすると、カメラを自分のほうに引っ込めた。女がムキになってシャッターを押してみせた。カメラは作動しなかった。女が言った。

あなたが私のカメラを落としたから、壊れてしまった。

そんな意味のようだった。

アイムソーリー、と言うべきなのに、ミアナンミダ、という韓国語が飛び出した。また女が言った。

どうしてくれるの？　高い物なのに、壊れちゃったじゃない。

そんな意味に聞こえた。

ソーリー。ア、アイムソーリー。

ソーリーも何も、どうしてくれるの。ここが壊れちゃったじゃない。

女が、壊れた角っこの部分を僕の前に突き出し、レンズを指差した。丸い枠がへこんでいた。何か言うべきなのに、言葉が出てこなかった。僕はその国の言葉を知らなかった。女性のそばに立っていた男が、僕の肩をドンと突いた。

何とか言えよ。どうしてくれるんだ。

責められているようだった。体が重心を失ってふらついた。倒れまいと踏ん張った。僕は何か言おうとして口を開き、息をついただけだった。何だこいつ、何も言わないぜ。カメラ壊したくせに、知らんぷりするつもりだ。まったく、なんてやつだ。カメラ直せよ、高い物なのに。このまま逃げるなんて、容赦しないぞ。まったく、信じられない。むかつくなあ。何か言えよ。英語もできないのか。馬鹿か。ふてぶてしい。アホ。とんま野郎。三人はそんなことを言い合っているようだった。周りの音が全て消え失せ、三人の声だけがはっきりと聞こえてきた。簡単な言葉であるほど、文章にならなかった。カメラ、ワズ、ミステイク、アイ、フォト。そんな単語が、めちゃくちゃな順序で、頭の中にプカプカ浮いていた。

アイ、アイ、アイアム……

なんとか文章にしようと必死になっていると、大きな手がしゅっと僕の下顎を殴った。ヒリヒリした。初めはびっくりしたが、しばらくすると怖くなった。女が男の手をつかみ声を荒らげた。男を引き止めている様子だった。僕は顎を押さえて、ポリバケツのほうにチラッと目をやった。フタを開けたまま、路地から立ち去ろうとしている彼の後ろ姿が見えた。あっ、という悲鳴に似た声が漏れた。

どうかしたんですか？

どれくらい経ったころだろう。運良く警察官がやってきた。彼は一度帽子を脱ぎ、丁寧にかぶり直して尋ねた。彼らが一、二歩後ろに下がり、僕から離れた。警察官は、まず彼らの話を聞いた。彼らは順番に、丁寧な口調で話した。

どういうことですか？

彼らの説明を聞いたあと、警察官が僕を見下ろした。僕が話す番だったのに、女がしきりに割って入った。

あそこで、男の人が何かを食べていたんです。

警察官があきれた表情を浮かべ、後ろを振り向いた。何匹かの猫が、地面に落ちた食べ物を食べていた。

それで？

それで写真を撮ってくれと言われて。

ふむ、それで？

写真を撮ろうとしたんですよ、写真を。その人を。あそこにいたんですけど……。

それから？

カメラを取り落としてしまったんです。うっかりして。その人を撮ろうとして。

それでカメラが壊れたんですか？

それはそうなんですけど。その人があそこで。

ひとまずその人の話は置いときましょうか。そっちは私共で対応しますから。

えっ？

だから、二度と食べさせないようにしますから。それで、カメラが壊れたんですね？　あなたがしたことに間違いないですか？

僕はだまって頷いた。英語の問題だと思っていたのに、そうじゃなかった。警察官はカメラを手にしてあちこち確かめると、これは弁償しなければなりませんね、と釘を刺した。あの人が僕の顎を殴ったんです。遅ればせながら訴えたが、警察官は取り合ってくれなかった。証明する方法がないというのだ。どうやら、英語で話さなければならないのも、面倒で気が重い様子だった。

警察官は、三人が泊まっているホテルの名前とルームナンバーを書き留めた。名前を尋ね書き込もうとしたがあきらめ、手帳ごと女に手渡した。女が自分と友達の名前を書き込んだ。警察官が手帳を見下ろし、もう行っていいと挨拶をした。オーケイ、サンキュー、ウェルカム、そんな言葉が行き交った。彼らが路地を曲がって行ってしまうのを確認してから、警察官が尋ねた。
ところで、こんな夜更けにここで何をしていたんですか？
警察官は帽子を脱ぐと、ズボンをパンパンはたいた。僕は当惑した。
あの、写真を撮ってくれと頼まれたので。あの人たちに。
それはさっき聞きました。それで、学生さんですか？
いいえ。
会社員ですか。
いいえ、違います。
お住まいはこの近くですか？
この近くじゃなくて、あっちのほうです。あっち。
この近くじゃないんですか。じゃあ、何をしていたんですか、ここで。
何もしていません。本当です。
何だって？
な、何もしていませんでした。何も。
それはどういう意味です？　ふざけてるんですか？
そうじゃなくて、僕、本当に何もしていないんです。
君、私が訊いているのはね。
嘘じゃありません！　僕、何もしていません。何もしていないんです！

僕は叫んだ。何もしないことが悪いことなのか？　悔しくて、腹が立った。警察官の表情がさっと変わった。答えれば答えるほど、何かまずいことになったという確信が膨らんでいった。不安で落ち着かなかった。後頭部を殴られたように、ふとわれに返った。怖かった。怖かったのかな？　怖かったような気がする。身分証を提示しろと言われたが、そんなもの持ち歩いているはずがなかった。署に行こうと警察官に促され、僕はおとなしく応じた。仕方がなかった。止めておいた自転車を引いて行こうとすると、警察官が尋ねた。

それ、あなたの物に間違いないんですか？

長い夜だった。大勢の人が警察署を出入りした。酔っぱらって一人では立っていられなかったり、使い道のない物ばかりうんと背負った人がほとんどだった。僕は、長椅子の端っこに座って、ジスが来るのを待っていた。ジスは、夜が明けてからさらに二時間ほどして、やっと現れた。きちんとしたツーピース姿だった。

それ、弁償しないと大変なことになりますよ。そのうち改めて電話が行くと思いますから、そのつもりでいてください。

初めて見る警察官だった。彼はメモを見ながらそう言った。僕を連れてきた警察官は見当たらなかった。ジスが身分証を取り出し、名前と住所を見せた。名刺も渡した。警察官はジスの身元を確認すると、帰ってもいいと言った。

街は出勤する人たちでごった返していた。僕はじっと黙って自転車を引きながら歩いた。しばらくしてジスが尋ねた。

どうするの？

家に帰るつもりだけど。

そうじゃなくて、この前持って帰ったあれ。

保険のカタログのことを言っているようだった。カメラの修理代がいくらかかるかもわからないのに。どうせ僕は修理されたかどうか確認することもできないのだ。ずらりと立ち並ぶ建物を見上げた。日差しが眩しかった。突然、都心のど真ん中に、素っ裸で立っているような気になった。

自転車でも売るしかないかな。

ハンドルを握った手に力が入った。

それ売って保険に入るつもり？　一、二カ月は大丈夫だろうけど、それじゃ続かないわよ。

警察署で全部聞いていたくせに、ジスは素知らぬふりだ。何を言っても仕方がないだろうと思った。どっと力が抜けた。こっぱずかしくもあり、穴があったら入りたかった。

あんた、まだ何もしてないんでしょう？　働かないと。

ジスが諭すように言った。口の中は血の味がした。手の甲にうっすら血が付いた。口の中が少し切れているようだった。熱いものが喉元から込み上げてきた。腹が立っているようでもあり、悔しいようでもあり、ともかくやるせなかった。すごく悔しくて、見返してやりたくなった。

するよ。

何するつもり？

何でも。

僕は音を立てないように奥歯をぐっと噛みしめた。何を？　何をするつもり？　何をするつもりなのよ？　ジスが問い詰めた。

トイレに行く。行きたい。

ジスは気が抜けたような顔をした。そして、辺りを見回しながら、ぼそっとつぶやいた。

何、トイレ？　あっそ、行ってくれば。その辺にあるんじゃない？

あきれ果てたような顔だった。でも、背を向ける前にひと言付け加えた。

とにかく、本当に何かしなさいよ。何もしてないなんてだめでしょう。わかった？

真面目で、真剣な顔だった。僕はジスに手を振ると、目の前の建物に駆け込んでいった。そうしなければならないような気がした。回転ドアを通り抜け、中に入った。ロビーを横切り、トイレの案内表示に従った。

ジャー、ジャー。開け放たれたドアの中から、騒々しい水の音が聞こえてきた。誰かが個室のドアを全て開けて、掃除をしているところだった。尻と背中が、ドアの陰に見え隠れしていた。僕は濡れた床を見下ろしながらためらっていた。ためらう必要もないのにためらっていた。個室の中にいた人がひょっこり顔をのぞかせた。ゴム手袋をはめた女の人だった。一歩下がるとか、どうぞと言うと思ったのに、彼女は鏡やタイルを力を込めてこすり続けている。このまま背を向けるのも、気にせず入るのも、気が引けた。僕はその場に立ちつくしていた。しばらくして、女の人がトイレの入り口を指差した。面倒くさそうな態度だった。そこに「部外者立ち入り禁止　社員用」という文字が貼られていた。

でも、どうして僕が部外者だってわかったんですか？

そんなの、ひと目でわかりますよ。全部お見通し。

僕は無言で建物を出た。仕方がなかった。止めてあった自転車を引きながら歩いた。歩いているうちに走り出し、どんどんスピードを上げた。息が切れるまで、そうして走り続けた。そして、もういいかなと思ったとき、素早く自転車にまたがった。街は明るかった。あっちへ、こっちへ、先を急ぐ人たち。僕は通りの真ん中を走った。ただひたすら、ペダルを踏まなければと思い、思いきりペダルを踏んだ。果たして、このままペダルを踏み続けていてもいいのかな。僕はさらに力を込めて、ペダルを踏み続けた。

広場近く

彼がこのところよく目にするのは、四十階建てのビルの半分を覆う巨大な垂れ幕だった。風が吹くと、エキゾチックな背景に「プラハ」と書かれた垂れ幕が波打った。一度も訪れたことがなく、この先も行くことはままならないだろうという思いが、しきりにそちらを仰ぎ見させた。

以前は水を大切にしようという公共広告が、その前は年老いた黒人のしわだらけの顔写真が、一斉に飛び立つ鳥たちが、クマかタヌキかペンギンかわからないキャラクターが掲げられていたのになあ？

彼は子どもを振り返った。六歳の女の子は返事をしない。ベンチに座って宙に浮いた脚をぶらぶらさせながら、四方をうろつくハトたちを見下ろしている。ハトはふいに一カ所に集まってはばらばらに散り、再びそこへ戻ってくることをくり返した。日がな一日その動作に打ち込んでいるので、何か理由があるのかもしれないとも思われた。

平均寿命って知ってるか？　知らないだろ？　韓国の女は普通、八十歳まで生きるんだとさ。お前はあと七十四年生きるんだな。七十四年も。

「プラハ」を見上げていないとき、彼は意味なく子どもに話しかけた。話しているあいだは、まだ終わらない一日、ひと月、一年といったものをしばし忘れた。道路を指差して欲しい車を選んでみろと言ったり、のけぞるほど高いビルをいくつかただでやると言ったりもした。子どもはこれといった反応を示さなかったが、一度だけ振り向いた。

七十四年ってのはな。これまでお前が生きてきた時間を、あと十三回くり返すってことだ。十三回だぞ。めちゃくちゃ長いだろ？

彼がそうささやいたときだった。子どもはまっすぐに彼を見上げたが、すぐにハトのほうへ向き直ってしまった。

客は多くない。でもゼロというわけではなく、ＤＶＤが日に数枚は売れた。当初、まだ品物が多かったころは、週末にちょっと出てくるだけでよかった。箱にＣＤを詰めてくることもあれば、古本を積んでくることもあった。売れそうな物は早くから売れてしまった。大事にしていた物が他人の手に渡るときの、切なさや寂しさの入り乱れた淡い気持ちを思い描いていたが、とんだ的外れだった。人々は、彼がどうしてこんなものを買ったのだろうと後悔した物にばかり興味を示した。

でもほら、こっちのほうがずっといいでしょ。

いけないと思いながらも、彼はこれよりはあれ、あれよりはこれ、というふうに口を挟んだ。人々は、どこかで聴いたことがあるか、何かしらの賞をもらった物にしか目を向けなかった。人生とは何か、はたまた作品性、名盤、名作云々と吐《ぬ》かすのを聞いていると、黙っていられなかった。

どうでしょうね。

彼は口を開かずにはいられなかった。一度口を開くと、本当にいい物ってのはこういうので、だから希少で、今じゃどこに行っても手に入らないといった説明になった。相手の理解は違った。希少なのにはそれだけの理由がある、何でこんな物を持ってるんだろう、ああ、なるほどね、という目で彼を見た。でなければ、おまけしてくれとか、とんでもない値段で売れとは言わないはずだ。

それはちょっと。

彼はすかさず断った。適当な線で手を打とうと何度も自分に言い聞かせたが、そんなものはどこへやら、おかしな負けん気と意地ばかりが頭をもたげた。そういったものはどうしても捨てられなかった。だから、今や残っているのはそういったものだけなのだとさえ思った。

あ、そう。じゃあこれだけもらうよ。

駆け引きしようとする人もいなかった。いくつか買いそうな素ぶりを見せて、そのまま立ち去る人も多かった。彼は、遠ざかっていく人々の後ろ頭をにらんだ。裏切られたようで腹立ちを感じたが、長くは続かなかった。ベンチに戻って座ると、いつの間にか忘れていた。いずれにせよ、今残っているのは彼が大きな価値を置いている物ばかりだ。彼の所有する物のほとんどがそうだった。彼が価値を置く物は何らの注目を浴びることもなく、いまだ路上に放置されていた。

ベンチから数歩離れた所に売店があり、その隣には地べたにしゃがんでカルメ焼きを売る女がいた。片手に握ったお玉にもう片方の手で砂糖を入れてじゅうぶんに混ぜ、適量の重曹を加えるという作業を一日中くり返している。固まる前に正確かつスピーディに、思いどおりの形に仕上げるのだ。すぐに食べてしまうにはもったいない物も多かった。プロの技だった。

誰にも教わってないんでしょう？　本当にお上手ですね。

彼が褒めると、女は喜んだ。それで、割れたお菓子のかけらをいくつかくれることもあった。ただでもらっちゃ悪いなあ、と言いながら、彼はいつも促されるがままに受け取った。どうせ体にいいものでもなく、誰かが食べなければ捨てられるのだ。

ある日の午後、彼は子どもと一緒にカルメ焼きを食べていた。列をなした警官たちが路地から飛び出してくると、ハトが一斉に飛び立った。急に現れた彼らは、ある方向へ駆け出した。あとから見ると、彼らは「プラハ」のビルを隙間なく取り囲み、ばかみたいに顔を仰向けているのだった。

赤いベストを着た人が四、五人、はしごを上っていくのが見えた。仕事中の彼に何度も突っ掛かってきた人たちだ。彼らは先を急ぐ通行人にビラをまき、行進をし、インタビューをする傍らで、しばしば彼に文句を言った。

あっちにどけてくれないか。こちとらインタビューしたり機材をセットしたりで忙しいんだよ。

彼が並べた品物をそれとなく押しやることもあった。彼はそちらへよけるふりだけした。彼らは、彼が戻ってきたことにも気づかなかった。ふと見ると、道端に一列に腰掛け、整然と並ぶ舗装ブロックの上を行き交う足を見下ろしているのだった。それが仕事だった。そして退屈すると、彼の周りをうろついておもむろに品物を手に取り、どうでもいい話をした。

おい、これ、俺が大学のときのやつだよ。今時誰がこんなの買うんだ。買わねえよ。買うわけない。

悪徳企業主の横暴で路上に追いやられた自分たちが職場に戻れるよう力を貸してくださいさい、なんて声が枯れるほど叫ぶ一方で、俺の仕事はないがしろにするんだからなあ。彼は思った。中学生のガキにまで泣きながら事情を訴えるくせに、どうして俺にはそんなふうなんだ。思うだけ思った。彼らは常に行動を共にし、熱い気持ちを分かち合い、そういったものが冷めてしまわないよう必死に頑張っているように見えた。いつ何時でも、それなりの口実が見つかればみんなで押し寄せてきて、腹いせや八つ当たりをされるかもしれない。それなりの抗議をするなら、少なくとも一対五、一対十、時には一対五十か百ぐらいは覚悟しなければならない。彼にそれだけの度胸があるはずもなかった。かつて、彼らのもとを訪れる人々が後を絶たなかったときは、そんなことはおくびにも出せなかった。彼らは一緒に飲み食いし、歌を歌い、写真を撮った。みんな仲むつまじかった。本当にそう見えた。他人事をわが事のように感じ、相手の気持ちに寄り添った。それは不可能なことではないのだと、自分自身に証明するかのように振る舞った。だがそういったものは、たちどころに消え去ったようだ。

何事ですか。

やっと一人が座れる売店の中から、青年が足を引きずりながら出てきた。彼は店主の息子だった。親に恵まれたやつだと思っていたが、ある日その狭く低いドアから出てきた彼は、片脚がなかった。その脚はどうしたのかと訊くと、オートバイを飛ばしていて事故に遭ったのだと言った。と思ったら、兵役を免れるために片脚を切ってやったのだと言い、いや実は、そうじゃなくて、とひとりカラカラ笑った。頭もやられてるんだなあ。彼はその後、青年に親切に接した。青年もまた、どういうわけか彼には親切だった。真意をはかりかねる親切だったので、あとから考えると変にむかついた。

何です、あの人たち？

青年に訊かれ、彼はテントのほうを指した。青年は首を傾げながら、ちんぷんかんぷんなことを言った。最初からあそこにいましたっけ。他の人たちがいたと思うんですけど。全国看病人協会だったかな。いや、高速バス連盟？　軍服姿で歩き回っていたお年寄りたちや、何十もの車椅子の行列が居座ってたこともあったな。山積みにされたウェットティッシュと韓方薬《ハンバン》が一緒に燃やされたこともあったし。

誰です？

青年に訊かれ、彼は、その人たちはもうずっと前に立ち去ったと答えた。

どうして？

青年が彼を振り返った。

やはり見向きもされなくなったからだろうと、彼は考えた。何度も見、いつも見ているうちに、見ても見なくてもいいものになり、最後には見えなくなる。それが、彼がそこで飽きるほど見てきた光景だった。警察の拡声器から、すぐに下りてこいという警告が、彼のいる所まで波紋のように広がってきた。揶揄と怒声が入り混じるその場所で、警官と赤いベストの人々がもみ合いを始めた。はしごの脚にぶら下がるようにしていた人々が無理やり引きずり下ろされ、上りきったのはたった一人だった。

電光板に上がった人が、頭の上で手を振った。はるか高みにいるため、顔や表情などは見えず、シルエットだけがやっと見えるかどうかだったが、いずれにせよよく見えた。この上なくよく見えた。通行人が足を止めて、彼と青年と子どもにならって上を見た。あんな所まで上る前は、ちょっと横を向けば見えたのに。道端に座っている彼らの顔つきや表情、気分までもが手に取るようにわかったのに。歯磨きする音や、泡だらけの口をゆすぐ音まで聞こえていたのに。人々は、今初めて彼らを見つけたかのような不思議そうな目で彼らを見た。

　しばらくのあいだ、「プラハ」のビルはたくさんの人に囲まれていた。風が吹けば、彼ははためく垂れ幕を見上げ、明るい電光板の上で踏ん張っている人のシルエットを捜した。ご飯は食べているのか、ちゃんと眠っているのか、トイレはどうしているのか憐れむ気持ちはあったが、それだけだった。人々は空中に視線を奪われたまま彼とＤＶＤを素通りし、受け取ったビラをぽいぽい捨てた。道に捨てないでくれと頼んでも、そのとき限りだった。辺りはたちまちゴミだらけになった。黙って見ているわけにもいかず、腰を曲げて一枚一枚拾っていると、苛立ちが込み上げてきた。と同時に、彼はまたもそっと顔を上げて垂れ幕を、電光板を見上げて男を捜しながら、全てがあるべき場所にあるかを確かめるようになった。

　垂れ幕について聞いたのは、数日後のことだ。

「プラハ」に関する展示や演劇、行こうと思えば行け、そんな所に行ける人はラッキーだなあ、そう思っていたのに、プラハから有名な人が来るのだと聞いて、彼は少なからず驚いた。

　とても有名な方だそうですよ。ニュース、見ないんですか。

　そう言ったのは、毎日彼に二、三時間、子どもを預けていく男だ。三歳の子と、六歳の子。六歳の子だけ預け、三歳の子は自分がおんぶして行く。昼間、妻は軽食屋で働き、男は暇を見てビラを配るのだと言う。昼時に一度、夕時に一度。自分より五つ六つは上だと思っていたのに、男は彼より七歳も若かった。七歳も若いのに子どもが二人もいるって、いいことなんだろうか。

いいことですよ。大変は大変だけど、いいことです。

男の答えは一貫していた。彼はこんな話をした。十七で息子を産んだあるイタリア人女性は、息子を育てるために身売りさえいとわなかったが、のちに息子は殺人を犯し、終身刑を下されたというものだった。そして、それほど美しい女性が出来損ないの息子のために、路上でひとり絶叫する姿が頭から離れないのだと言った。至って真面目に。

それってすごく遠い国ですよね？　まったく、親の気持ちはどこでも同じですね。

男は六歳の子の頭を撫でた。実は、それは彼が一番好きな映画で、誰も目もくれないＤＶＤの一つだった。地面に広げた品物を見下ろすうちにふと口にしてしまったことを、後悔し始めていた。顔をしかめるかと思いきや、男は憂いを帯びた表情で、できることなら私も身売りしたいです、こんな仕事じゃなくて、とつぶやいた。

男は昨日も一昨日もそうしたように、丁重に挨拶すると、子どもと大きなトランクを残して道向かいへ走っていった。子どもと彼が残された。子どもは道行く人々とハトを眺めながら、じっとその場を守っていた。しばらくは静かだったのだが、その日は市庁の取り締まり班が出動し、道端で物を売るのは違法だと警告しながら品物を押収すると脅してきて、ひとしきり押し問答がくり広げられた。けっきょく、数枚のＤＶＤが奪われた。とても大事にしていた物だった。腹が立ったが、それよりも落胆と空しさとやるせなさのほうがひどかった。誰かにそのＤＶＤを勧め、古い記憶を思い浮かべ、お金に換えられない価値を噛みしめる機会さえ根こそぎ奪われてしまった気がしたからだ。それに、子どもはどこへ行ったのやら、姿が見えなかった。

学生さん？

監督官が尋ねる。

卒業してます。

彼が答える。

それなら何で仕事しないの。

監督官がとがめる。

してますよ。

彼が反論する。

これは仕事じゃないでしょ。本物の仕事をしないと。

監督官が品物を箱にかき入れる。

これも本物の仕事ですよ。

彼が箱を引っつかむ。

仕事ってのは私がやってる、こういうのを言うの。これが本物の仕事でしょ。

監督官は無理やり品物を押収し、その場を去っていく。

彼は子どもを捜し回りながらも、そのことが頭から離れなかった。男は子どもが見つかってから二、三時間してやっと戻ってきた。無事に仕事を終えたあとの疲労感、疲労を感じることからくる満足感、家長としての義務を果たしたという自負心といったものを、三歳の子と一緒に負ぶって。彼は、毎日のようにくり返されても少しも感動の薄まることのない父子の再会を黙って見守ってから、こう言った。

もう俺に子どもを預けないでくれ。

六歳の子を抱きしめていた男は、驚いたように身を起こした。彼は、自分は働いている身で、子どもに気を遣うこともできないし、ちょっと目を離した隙にどんな事故に遭うかわからない、とにかく明日からは他をあたってくれと釘を刺した。男はうなだれて、自分の運動靴のつま先をじっと見下ろしていた。前回も、その前も、彼にそう言われるたびに、男は同じ表情を浮かべた。

そうですよね。申し訳ないと思ってます。

その答えも、すでに何度も聞いたものだった。しょんぼりした抑揚のない声、はぐらかすような言い方まで何一つ変わっていない。彼は男を道路のほうへ引っ張っていき、申し訳ないとはどういう意味かと訊いた。男は、申し訳ないから申し訳ないのだと困った顔をした。

違うだろ。

彼は、申し訳ないという言葉は何の役にも立たないと忠告した。あんたさあ、何で自分がいつも申し訳ないって言ってるか考えたことある？　申し訳ないって言うのが癖になると、平気で申し訳ないことをするようになるんだよ。本当に申し訳ないと思うならやめなきゃ。申し訳ないって言葉が、言われたほうを心ない悪い人間にしちまうのがわかんないのか？　謝らなくてもいい方法を知ってるくせに、どうしてそうしないんだ？　彼は問い詰めた。

家族ですから。家族は一緒にいるべきでしょう。

黙っていた男がつぶやいた。お前がそうやって意地を張るせいで、どれだけの人が申し訳ないって言われなきゃならないかわかるか。赤の他人の俺が一銭ももらわずに、何であんたの子の面倒を見なきゃならないんだ。そう責め立てようとしてやめた。彼は、乾電池を入れるとどこまでも歩いていく犬を取り出した。脚が一本壊れていた。六歳の子が壊してしまい、年寄りのおもちゃ売りがただでくれたのだと言った。犬を放り投げ、子どもを怒鳴りつけ、自分に悪態をついて八つ当たりしたことは黙っていた。男は申し訳ないと謝ったが、六歳の子がはしゃぐ姿を見て喜んだ。あんたたち家族のせいで、何の関係もない人たちが毎日どれだけ小さな損害を被ってるか、ほんの少しでも埋め合わせようと思ったことはないのか、とは言わなかった。

仕事をしろ。

代わりに、男が去る前に、彼はこう忠告した。

こういう仕事じゃなくて、本物の仕事をな。どっかの施設に子どもを預けろ。預けて仕事しろ。仕事をしてから子どもを迎えに行け。

彼はひっきりなしにしゃべった。次第に、誰が誰に言うべき言葉なのやらわからなくなった。男は、今も仕事をしているし、頑張っているのに、どうしてこんな有様なのかわからない、済まない、申し訳ないとはぐらかすと、小走りに去っていった。わかったとか、考えてみるとどうして言えないのか。男は翌日も、その翌日も何もなかったような顔で現れることで、その問いに答えた。実のところ、彼が自分をはねつけられないことを男は知っていた。店も露店も人も余るほどあるこの道で、よりによって自分に子どもを預けるのも、本当はひと目でそれを見抜いたからかもしれない。

「プラハ」のビルを大きく取り囲んでいた人混みは徐々に減っていった。約束でもしたように通りに押し寄せ、昼夜を問わず路上を占拠していた人々が、こっそり家へ帰っているに違いなかった。辺りを埋めつくしていたスローガンや喚き声、話し声といった熱気は静まり、もはや物寂しいとも言えそうな光景だった。

何はともあれ、人々の上ではためいていた「プラハ」は本当にやってきた。

通りは前日の夜から混雑し始めた。警察が交通規制をし、通りの至る所にバリケードを張って通行を遮った。スピーカーが一つ、二つ設置されたかと思うと、あー、あー、マイクテスト、という声が響き渡った。何だよ、大げさだな。彼はつぶやいたが、行事の規模は予想をはるかに上回っていた。車の消えた路上に人々が押し寄せた。その数はみるみる増え、夜が更けても、どこも真昼間のように混雑しきりだった。改めて見ると、ものすごい人混みだった。

翌朝は早くからDVDが三、四枚売れた。ひと塊の人々がどっとなだれ込んできて、こっちがいい、いやあっちだと中国語で騒いでいたと思ったら、お釣りも受け取らずに行ってしまった。売れ行きは上々だった。人々はその場の雰囲気に酔いしれたように、差し当たり必要のない物にも手を伸ばした。値段を交渉することもなければ、あれこれ品定めしてから無茶な理由でけちを付けるようなこともなかった。日が昇り、熱気がよみがえった。

いやあ、本当に来るんですね。

売店の青年は浮かれた様子で、ちょくちょく声を掛けてきた。カルメ焼きを作る女もやはり浮かれていた。誰も彼も、半ば宙に浮いているかのようだった。そんな空気のせいで、彼もまた何かを待ち焦がれているような気分になった。期待し、望むようになった。それが何なのかははっきりしなかったが、これまでとは違う、ともかく長いあいだ抱いたことのない感情が波打ち、満ちてくるのを感じた。

彼は幾度となく垂れ幕のほうを見上げた。そこかしこに新たに設けられた大きく明るい電光板と巨大な横断幕のせいで、彼の視線は一度にそこへは届かず、迷路の出口を探すようにくねくねとさ迷った。やっと垂れ幕が見えた。その下の電光板もそのままだった。男は見えない。だがしばらくじっと目を凝らしていると、いつの間にかそっと現れていた。指先ほどの小さなシルエットは、伸びをするように両腕を上げたり、電光板の端から端まで歩いたり、タバコを吸ったり、しゃがんでうさぎ跳びをしたりした。だが、ふとまた見上げると、かき消えたかのように見えなくなっていた。

人は増える一方で、まっすぐ歩けないほどだ。誰もが、一、二歩進むたびに立ち止まらなければならなかった。彼はこんな日が三日だけ、四日だけ、いや一週間だけ続いてくれたらと思った。少なくとも、商売目当てに通りへ押し寄せた人々が彼のほうへなだれ込んでくるまではそう思っていた。彼はベンチにぴたりとくっついて立ち、ここは自分の場所だ、ずっと前から自分の場所だと叫ばなければならなかった。

何でここがあんたの場所なんだよ？

俺は毎日ここで仕事してるんです。

仕事って何の？

何のって……仕事は仕事です。

だからどうしたってんだよ。あんたの土地なのかよ、あんたのビルなのかよ。ここの管理でもしてるってのかよ、ここが職場だとでも言うのかよ。ここの社員なのかよ、え？　人々は、お前は一体何なんだと彼に詰め寄った。

何なんだよ、え？

彼は口をつぐんだ。しばらくベンチの端に座ったまま動かなかった。だが記念になりそうなハンカチやペンダント、ブレスレットが売られているほうへどっと人が流れた拍子に、自分の品物が踏まれたり蹴られたりするのを見ると、我慢できなくなった。彼はホイッスルを吹きながら、がむしゃらに人々を追い払った。タバコをやめようと普段からくわえていたホイッスルだったが、吹いたのは初めてだった。無視と無反応を決め込んでいた人々の隙間を縫うようにして、一人の女が近づいてきた。

みんなにとって喜ばしい日なんですよ。おやめになったら？

何か売りつけようとする連中の一人かと思いきや、ただの通行人だった。隣に立っていた年配の女が、やさしい声で諭すように言った。

今日みたいな日は、少しずつ譲り合えるといいですね。そう思いませんか？

二人は双子のように同じ格好をしていた。姉妹かと思ったが、母娘かもしれない。人だかりができていた。にやにやしながらウインクを飛ばして通り過ぎていく外国人もいた。金髪の、図体の大きな白人だった。

何をです？

彼が訊いた。何も知らないくせに。あなたが我慢して譲りさえすれば万事オーケーなのよ、という口ぶりがいまいましかった。彼はホイッスルの先をガリガリ噛んだ。

今日はここに、大切なお客様がいらっしゃるでしょう？

ご存じよね、というように年配の女がささやいた。

だから何です？

彼が問い返した。年配の女がさらに一、二歩近づいた。表情は穏やかだったが、見るからに説教や訓戒を垂れたがる人間の姿勢だ。「プラハ」は俺の客じゃない。あんたらの客だ。そいつがＤＶＤを買ってくれんのか、本を買ってくれんのか？　クマのアラーム時計や流行遅れの腕時計ならなおさらだ。彼はホイッスルを吹き続けた。

誰かの舌打ちが聞こえた。彼はいっそう激しく、熱心に吹いた。その瞬間は、女も、女の肩を持つ人も、見物人も、みんな遠くへ追い払ってしまいたいという思いしかなかった。けっきょく、安物のサングラスを売りに来た人に力ずくで押しのけられた。大きくて分厚い手の男だった。彼がひっくり返る姿を見ただけでは満足せず、男は彼の前にしゃがんで、これでもかと額と頬を叩いた。痛いほどではなく、軽くペチペチやられるので、いっそう癪に障った。男はホイッスルを取り上げ、見せつけるように遠くへ投げてしまった。彼は起き上がろうとした。腰に痛みが走った。片方の足首はうまく動いてくれない。なんとか立ち上がろうとしていると、痩せたか細い手がすっと現れた。三歳の子と六歳の子、傷だらけのトランクを引いて歩く男だった。彼は男の手を払い、自力で立ち上がった。

他を当たってくれ。

彼はきっぱり断るつもりだった。今日は人も多いし、そうでなくても子どもを見られる状況じゃないのだと念を押すつもりだった。腰も痛いし、足首もひねったみたいだし、助けが必要ならそれなりの人に頼むくらいの良心もないのかと責めるつもりだった。が、ベンチのそばで人を追い払い品物を整理しているあいだに、男は姿を消し、六歳の子だけがぽつんと残されていた。

お父さんはどこ行った?

彼が訊いた。苛立っていた。子どもは彼の顔を見上げながら答えた。

お仕事。

彼が黙っていると、もう一度言った。

お父さんはお仕事に行ったの。

仕事だと? お前んとこの父親がやってるのが? あれが仕事って言えるのか? そうつぶやく彼の顔を、子どもはまっすぐに見つめるばかりだ。一度も目をそらさず、じっとそこに立って。先に目をそらしたのは彼だった。彼方にある壇上で、誰かが行事の始まりを告げた。警官が人々を片側に誘導し、狭い道ができた。「プラハ」はその道をたどるようにして現れた。数台の車がゆっくりと姿を現し、大きな白い車の上に立っている人たちが見えた。誰が「プラハ」なのかひと目でわかった。

あれがプラハかあ。

何で俺まで、とも思われたが、彼は他の人と同じように視線を奪われたまま、棒立ちになっていた。あれがプラハ。手の平が熱くなった。だから何だよ。そう思いながらも、何かとてつもない瞬間に立ち会っているような気分にとらわれた。みんなと同じように感じのいい表情を浮かべ、響きのいい挨拶を叫んでいた。すると、本当は平気だったし、今も問題なければ、これからますますよくなりそうだと思われた。今だけは果てしなく広い心で、全てを理解し、受け止められそうだった。

それなのに、振り返ると、六歳の子がいなかった。

ほんのわずかなあいだにどこへ消えたのか、姿が見えなかった。最初は気にも留めなかった。誰かの後ろか、そのまた誰かの後ろにかくれんぼするように身を潜めているのだろうと思った。カルメ焼きを作る女や、売店の青年も見当たらないのは同じだった。波打つように押し寄せる人混みのせいで、道幅の狭い歩道はどんどん広がってゆき、子どもも、女も、青年も、これまでベンチから見物していた風景も、目の届かない所まで押し流されていくようだった。

人々はつま先立ちになって、一様に宙を見上げていた。反対に、彼は地面に目を這わせるようにして歩いた。どれが誰のものやら見分けのつかない足が、隙間なくびっしりと並んでいる。そうは言っても子どもだ、その辺をうろついているのだろう。彼はそうと信じ、近場を捜してみるつもりだった。だが地面にばかり目を這わせていると、自分がどの辺りにいるのか見当がつかなくなった。遠くに来すぎたかと、つま先立ちになってきょろきょろしていると、誰かが彼を呼び止めた。売店の青年だった。まだやっと売店の前だった。みながみな、一歩でも前へ、前へと進もうとしていたため、彼は売店の角にしがみついていなければならなかった。拍手と歓声が沸き起こった。「プラハ」が壇上に上ったようだ。どう頑張っても青年の顔は見えず、声だけが聞こえた。

子どもがいないんだ。

子どもって？

俺が一緒にいた子だよ。

ああ、あの子。

見なかったか？

さっきまでは。

カルメ焼きを作る女も、売店の壁に張り付くようにして立っていた。女も、見かけはしたが今はわからないという返事だった。彼は売店を過ぎ、カルメ焼きを作る女を過ぎ、どこかへ向かって歩き続けるしかなかった。やがて、売店も女も見えなくなった。遠くへ来すぎたのかと思ったが、特段そういうわけでもなかった。顔を上げると、前方を黒々と埋める人々のせいで、徐々に後ろに追いやられているような錯覚を覚えた。誰彼かまわずつかまえて、子どもの行方を尋ねた。人々は彼をいないも同然に扱った。「プラハ」以外にはちっとも関心がなかった。

彼は人々のつま先を見据え、肩や背中をぶつけながら少しずつ進もうとした。どうにかして、どちらかへ歩こうとした。ふと、子どもが人々の下敷きになって死ぬかもしれないという考えが頭をよぎった。居ても立ってもいられなかった。だが、隙間ができるが早いか、あっという間にそこを踏む足が現れた。彼が足を持ち上げるたび、すかさず誰かがそこに陣取り、別の隙間ができるまでびくともしなかった。顔を上げると、そこに「プラハ」の姿は見えず、黒々と波打つ頭や、びくともしない広く頑丈な肩、競い合うかのように吐き出される熱い息遣いといったものに満ちていた。「プラハ」を見ようとする人々のせいで、「プラハ」はおろか、いかなるものも見えなかった。彼は途方に暮れた。「プラハ」が壇上に立った。誰もがこの瞬間を逃してたまるものかと、力ずくで前へ突き進もうとした。そんな空気や気配だけでも、はるか彼方の壇上で何が起こっているのかじゅうぶんに想像できた。「プラハ」の声が聞こえてきた。いや、実際に彼が聞いたのは、足を踏むな、押すな、割り込むな、あっちへ行け、引っ込め、どけろという苛立ち混じりの言葉が全てだった。

子どもを捜してるんです。

みな、子どもなど死のうがどうしようがかまわないようだった。彼がちょっとでも押したりぶつかったりすれば、すぐにも殴りかかってきそうな不快な表情を浮かべた。彼は、顔もろくに知らない老いた外国人の男の声を聞きながら子どもを捜し歩いた。話は長ったらしくも仰々しく、集中できずに聞き逃してしまうことも多かった。いずれにせよいいお言葉だった。すばらしいお言葉だった。だからそれは彼を素通りしていった。留まることも宿ることもなく、小さな痕跡や響きを残すこともなく空気中へ散ってしまった。

腰の痛みが広がりつつあった。彼は脇腹を押さえて歩いた。子どもの姿はなく、見えるのはすし詰め状態で立っている人々の浮き立った表情や異常な熱気、期待といったものばかりだった。遠くから聞こえてくる、いつ聞いても心地いい言葉の数々を、彼もまた夜通し並べ立てることができた。あの壇上でなら、いい言葉だけを選んで話す自信があった。そんないいことが本当にあるとしたら、それは昨日や一昨日、いや、「プラハ」も演壇もなかったころの話だと思った。ともかくそういうもののために、自分の仕事や日常はことごとくぶち壊されたのだと思った。

「プラハ」が先唱し、みなが復唱した。どれも、聞いてくり返しているあいだは、誰もが大丈夫だと信じそうな言葉だった。だがその一方で、彼に対しては一向に、わずかな隙間も譲ろうとしなかった。ちょっと通るだけだと言っても聞かなかった。やっと取った場所を奪われまいと、ムキになって踏みとどまった。後ろに追いやられまいと死に物狂いで踏ん張っていた。彼が割り込む隙間はなかった。

いずれかの方向へ進もうと思えば、誰かを押すか倒すか、いっそ永遠に消え去ってくれることを願わねばならなかった。まんじりともできない人混みの中で彼が見たのは、そんな光景だった。「プラハ」は来たとき同様、帰りもぐずぐずしていた。人々は彼がすっかり見えなくなるまでその場に留まった。「プラハ」に早いところ去ってもらいたいのは、彼を含むごく少数の人たちだけだった。彼一人かもしれなかった。ともかく行事が終わったあとも、本格的に子どもを捜せるようになったのはかなりの時間が経ってからのことだった。男が子どもを迎えに来るまで、彼は休まず歩き回らなければならなかった。

子どもがいないんだ。

彼は男を見るなり叫んだ。酔客のように浮わついた人々の顔が、男と彼のあいだにぷかぷかと漂っている。みながみな、さも壇上の人が浮かべそうな表情をしていた。彼は男に近づきながら、徐々に声を張り上げていった。人々は満足げな顔でそばにいる人たちと話を交わし、写真を撮るのに余念がない。彼の言葉を聞き取った男が、にかっと笑った。男の背後から、誰かがさっと出てきた。あの子だった。

どこにいたんだ？　捜してたのに。

近寄ってみると、本当にその子だった。

ここにいたそうです。

男が代わりに答えた。

いなかったけどな。

いたそうですよ。

わからなかったな。

いたんですってば。

彼と男は子どもを挟んで立ち、同じ問答をくり返した。腹が立って次第に声が大きくなっていく彼に、ふいに男が尋ねた。

見ましたか?

「プラハ」のことだった。男は何度も同じ質問をした。特に返事を期待しているようでもなかった。ただただ独り言を言いながら、ある印象的な瞬間をたぐり寄せ、膨らませているように見えた。男の表情に、以前は見られなかった数々の感情が波打っているのが見て取れた。お世辞にも男に見合ったものとは思えず、見るに耐えなかった。それらを全てつかみ出して、目の前に突き出してやりたかった。お前が持てるようなものでもなく、持つべきでもない、持っていたって何の役にも立たないという言葉が喉元まで込み上げたが、彼はひと言だけ言った。

あの子が下敷きになって死ぬところだったんだ。

男は彼の言葉など耳に入らないようだった。彼は元いた場所に戻った。ベンチの片隅に並べておいた品物はひどい状態で、中には使えなくなった物もあった。彼はしゃがみこんでそれらを拾い、片付けなければならなかった。不意打ちをくらった気分だった。悔しく、むかむかし、やがてあきれたような笑いがこぼれた。詰まるところ「プラハ」が残していったのは、打撲傷と、いくらになるかわからない物質的な損害と、見ないほうが良かったかもしれないものが全てと思われた。

男は、毎日チムジルパン〔健康ランドの一種で、安価な宿泊施設の機能も備える〕や安宿を転々とするのも大変だし、子どもたちのためにも思い切った決断をしたいと言ったが、その日限りだった。明くる日には、昨日の決意はどこへやら、いつの間にか子どもとトランクを預けて道向かいへ走っていく日常に戻った。自分が言ったことさえ覚えていない様子だった。「プラハ」のあとには新しい垂れ幕が掛かっていた。今度は、バイオリンとチェロとギターを手にした人々だ。電光板の下でぐるりとビルを囲んでいた人々は、もういない。残っているのは、その付近を右へ左へとぶらついている数人の警官だけで、彼らは電光板のほうなど見向きもしなかった。

残っているのは、ベンチに座っている彼と子どもだけ。もはや電光板の上に立っている人を見つけようとするのは、子どもと彼の二人だけだった。

あそこにいるだろ?

彼が電光板の上を指差すと、子どもは首を横に振った。彼は子どもに、目を離さずじっと集中する方法を教えてやった。方法というほどのものでもなかった。ひたすら見つめ続けていれば電光板の上に一つのシルエットが浮かんでくるということを、子どもはすぐさま学んだ。彼は、壊れて粉々になった、もう誰も買いそうにない品物を並べ、自分のベンチを守るという仕事を続けた。いつ聞いても耳に心地いい言葉が消え去った広場は、静かでのどやかで、とても平和だった。ふとそんなことを思った。

なわとび

おじいさんに出会ったのは、公園に来るようになって四日目のことだった。初夏の晩の公園は、運動する人たちで賑わっていた。腕を大きく上下に振りながら、脚を広げては閉じるリズミカルな足音、空高く打ち上げられるシャトルの軽快なリズム、腰に吸い付くように見事に回るフラフープの動きやらで、公園は次第に熱気を帯び始めていた。目を閉じれば、人々の額に滲む汗の匂いや、熱のこもった息遣いが感じられるようだった。みなそれぞれに体を動かしながら、時を過ごすことにいそしんでいるのに引き換え、僕は時の流れの中で完全に忘れ去られた人のようだった。一日が過ぎ、二日が過ぎても、僕の時間は一カ所に留まったまま、それ以上前に進まなかった。

そうやって、ぼんやり公園を眺めていたときだった。

こんなに夜風が気持ちいいのに。体を動かしてみるのも悪くないですよ。

おじいさんだった。僕のすぐ近くでなわとびに励んでいた彼の腕前は、ひと目見ただけでもなかなかのものだった。両手でヒモを回し、両足を揃えてジャンプするたびに、規則正しい一定のリズムが地面を打った。

あなたもちょっとやってみませんか？

おじいさんは回転し続けるヒモの中で、軽々と宙にジャンプしては着地しながら、ひょいひょいヒモを跳び越えていた。運動歴の長い年寄りたちが、そんなふうに体力をひけらかすのを知らないわけではなかったが、僕は口を利きたくなかった。

彼はさらに跳び続けながら、
なわとびはいいですよ。私はもう十年も毎日続けているんですよ。

と自己紹介をし、
年寄りが煩わしいですか。

と、ふっと笑ったりもした。僕は立ち上がった。おじいさんはぴょんぴょん飛び跳ねながら、それじゃまた、と言った。僕がそのまま立ち去るのを知っていたかのように、さりげない言い方だった。

僕は返事もせず公園を横切って歩いた。まだ日が暮れたばかりだったので、一日が終わるまでにはまだ有り余るほどの時間が残っていた。のどかな夜の時間が奪われたようで気分がむしゃくしゃし、もう二度とこんな気分を誰かに打ち明けることはできないのだと思い至ると、また彼女のことを思い出してしまった。そのときの僕は、たった一枚の木の葉が落ちても全身をぶるっと震わせる水面のようだった。悲しみは何の前ぶれもなく突然襲ってきて、一度始まったら、落ち着くまでひたすら待つしかなかった。それがどれほど苦しくつらいことか、本当に誰も気づいていない様子だった。

僕はケータイをのぞいた。またしても彼女を思い出すなり、痛みが波紋のように広がっていった。いや、痛みという言葉では足りなかった。ほんの些細なことにも敏感に反応してしまう苦痛を説明するにはあまりにも大雑把な言葉だった。当時の僕は、そんなふうに感じやすくなっていた。完璧だと信じていた彼女との関係が断ち切られると、あらゆることが不可能に思えてきた。僕はケータイを開き、彼女の電話番号を一つずつ押した。番号を押すたびに、ゼロ、さん、はち、ご、という音が聞こえてきた。彼女の番号に間違いないことを、二重にも三重にも確かめさせるようなはっきりした発音だった。冷めたその機械音が、彼女が電話を取った瞬間に押し寄せるだろう後悔をくり返し警告したため、僕は発信音が送られる前に終了ボタンを押した。

公園からすっかり出てしまう前に、僕はちらっと後ろを振り向いた。十年だって？　一日をどれほど繋げたら十年になるのだろう。僕は目のくらむような歳月を想像してみたが、すぐにやめてしまった。その時間は、しょせん僕の想像の域では推し量れないものだった。

何か、つまんなくない？

彼女はそう言った。すでに一カ月も前のことだった。映画が始まろうとしているところで、僕はほかほかのポップコーンを口に頬張っているところだった。真っ黒いモニターの上を走るノイズのように、彼女の言葉は一瞬にして消え去り、飲料水のＣＭが始まった。

うん？

彼女のほうにわずかに体を傾けた。それだけだった。彼女は首を横に振って押し黙り、しばらくすると映画が流れ始めた。つまり、あのときのあの言葉は重要な伏線だったのだ。僕は今さらながら、そのつまらなさの正体を突き止めるのに、丸一日を費やしているのだった。僕たちが何週間に一度映画を観ていたのか、主にどの映画館を利用していたのか、ストーリーがどれほど似ていたか、些細なことにも疑いを抱き、次から次へと、過ぎ去った時間を思い返していた。代わり映えのしない味のポップコーンの温度、シートの硬さ、似たり寄ったりのCMのセリフなど、くだらなくてありきたりなことまで思い返してみたが、決定的な理由は思い当たらなかった。その実、疑わしくないことは何一つなかった。退屈な理由はどこにでも存在した。

僕はがらんとした部屋に戻り、睡眠導入剤を飲んだ。やっと眠りについてもすぐに目が覚めてしまうので、日を追うごとに薬の数は増えていった。僕にできることと言えば、薬が効き始めるまで薄目を開けて無限に大きくなっていく部屋を見つめているか、昨日よりも色濃くなった闇を眺めていることだけだった。錠剤を嚙み砕くと、奥歯のあいだに苦々しさが広がった。

翌日、僕はまたおじいさんに会った。同じ公園で。回転するヒモの中で、彼は平和に見えた。

今日はちょっと早かったですね。ところで、運動はあまりお好きじゃありませんか?

体のラインがくっきり浮き出たスポーツウェアや蛍光色のジョギングシューズはともかく、夜にサングラスを掛けているのが何だか滑稽で、今度はずいぶんしげしげとおじいさんを眺めてしまった。

なわとび、あまり得意じゃなくて。

おじいさんは、呼吸を整えるように束の間跳ぶのをやめて、片足でヒモの長さを揃えると、再び軽々と跳び上がった。若さを除けば、君より私のほうがよっぽどマシだ。おじいさんはそう言いたかったのかもしれないが、僕はこれっぽっちも癪に触らなかった。ただ、そうっとしておいてほしかった。僕は最もつらい時間を送っていたのだから。少なくともあのころは、そんな思いに頭を悩ませている時期だった。僕の人生の数ページが根こそぎ引きちぎられたような気分。まだ目も通していない

続きの部分が、狂おしいほど気になった。ある種の好奇心は、一人の人間を完全に押しつぶしてしまえるのだ。おじいさんは、

まあ最近じゃ、なわとびする人も珍しいですよね。でも、これに勝る運動はないですよ。

と言って、

バドミントンなら、十年も続けていられたと思いますか？

と訊くのだった。僕はベンチに座り、規則正しく地面を蹴って跳び上がるおじいさんの足音を聞いていた。タッ、タッ、タッ、タッ。それでも、こうして時間が進んでいるのを確かめると、気が楽になった。

なわとび、ちょっとやってみませんか？

おじいさんはまた、なわとびを勧めてきた。今度は、答えを聞く前に、僕のほうになわとびヒモを放り投げた。持ち手が僕の背中を打ち、長いヒモはだらりとベンチに引っ掛かった。僕は、引っ掛かったヒモをいじっているうちに、けっきょく立ち上がっていた。

米国のフランク・オリベリは、三十一時間四十六分四十八秒ものあいだなわとびを跳び続けた。同じ場所で、八万回以上ヒモを跳び越えて初めて達成できる数字だった。僕が二、三回跳んでは止まるたびに、おじいさんはそんな話を独り言のようにつぶやいた。八万なんて、そんな数跳べるのだろうか。両手でヒモを回し正確に跳び上がるのは思ったよりむずかしく、僕は八万という規模を想像するだけでも息が上がった。

どうです？　なかなか手ごわい運動でしょう？

おじいさんがそんなことを言うたびに、ヒモが絡まった。彼の思惑は重々わかっているくせに、やたらムキになってやり続けたため、体は瞬く間に汗でびっしょりになった。両腕でヒモを回し、全身を空中に浮かせているあいだは、汗をかくのも忘れて集中していたからだった。僕は、なわとびを終えて初めて、少しのあいだ彼女を忘れていたことに気づいた。ほんのいっときではあったが。おじいさんの話のように、ひょっとしたら、なわとびはいい運動かもしれないという気がした。そう思ったのも、ほんの一瞬だった。

再び彼女のことを思い出した。退屈だというのが別れの理由になるのか？　何度思い返してみても、それはあまりにも軽薄で、些細な問題のようだった。僕は絡まったヒモをほどき、片足でヒモの真ん中をまさぐった。

あの、本当に十年もやっているんですか？

おじいさんは数歩離れた所で、腰を左右に動かしながら訊き返した。

嘘だと思いますか？

僕は颯爽とヒモを回しながら、空中に跳び上がった。颯爽と、と思ったのに、ヒモはスニーカーのつま先を叩いて止まった。おじいさんは腰を曲げ、手の平を広げて地面に手をついた。一、二、一。掛け声に合わせ、おじいさんの丸い背中がバネのように跳ね上がった。

今度会ったら、本格的ななわとびをお見せしますよ。

そして、またしばらくのあいだ、彼女のことを忘れていた。忘れていたことに気づいた瞬間、また思い出したのだが。

彼女は、退屈だと言った。

何か退屈。ねえ、そう思わない？

そう言ったときの彼女は、本当に退屈で死にそうな表情をしていた。それから、これがベストなのだと釘を刺した。わずかな余地も残すまいとするように、べ、ス、ト、という言葉に力を込めた。そして、もう別れよう、と言った。最後の期末試験が終わった日で、翌日から長い夏休みが僕たちを待ち受けていた。これまでどおりなら、行きつけの中華料理屋でジャージャー麵とチャンポンを二人で分け合い、缶ビールや焼酎をちびちびやりながら、ほろ酔い気分になっている時間だった。スクーターのけたたましい音が、僕たちを引き裂くようにして通り過ぎていった。電話のベルと一緒くたになった話し声が、宙に上ってかき消えた。全てが、僕の置かれている状況など知ったことじゃないと言わんばかりだった。

何が？

何もかも。

彼女は僕の目をじっと見つめていたが、しばらくすると背を向けた。僕は、晩ご飯食べない？　と訊いた。いい。彼女の後ろ姿がだんだん遠のいていった。僕はもう一度、本当に食べないの？　と訊き返した。それでお終いだった。もし彼女の肩をつかんで振り向かせていたら、僕たちは最悪の状況にはならずに済んだのだろうか。それが、中華料理を和食の店や韓国料理の店に代えるぐらいのことだったら、いくらでも試みていただろう。つまり、僕が生み出せる変化の幅が極端に狭かったことが、問題といえば問題だったのだ。どうせ僕にできることなんて、これまでやってきたことから大きく外れてはいないだろうから。僕は、校門を出て小さな点になっていく彼女の後ろ姿を長いあいだ見つめていた。

その日以来、僕はたびたびおじいさんに会った。同じ時間帯、同じ公園で。ほんの少しでも彼女から解放されるのに、なわとびは役に立った。両手でヒモを回転させているあいだは彼女に電話をかけられなかったし、その場でジャンプしているあいだは彼女の住む町に歩いて行けなかったから。ヒモは次から次へと休みなく戻ってくるので、僕は止まることなくその場に留まり続けることができた。タッ、タッ、タッ、タッと一定に保たれていたリズムが、わずかに狂ったかと思ったら、ヒモがもつれた。

おじいさんを見つけたからだった。

今日は早かったようですね。それで、何回跳んだんですか?

僕はすぐには答えなかった。やっと七百回を超えたぐらいで体力が底をついてしまうので、正直に言いたくなかった。

さあ、数えてなくて。

彼は、フム、と言った。なわとびをしていて数を数えないなんてことがあるだろうか、と訝しんでいる様子だった。彼はヒモの長さを揃えると、軽く跳び上がった。そんなふうにほぼ毎日、おじいさんと僕は並んでなわとびにふけっていた。タッタッタッタッというおじいさんのリズムの中に、タッタッという僕のリズムが割り込む感じだった。白いシャトルが跳んできたり、サッカーボールが転がってきても、おじいさんと僕のリズムは乱れなかった。

なわとびがどれほど古くから続く運動か知っていますか？

とひとりで質問し、
朝鮮末期に、なわとびについての記録が残っているくらいなんですよ。

と自ら答えた。休まず跳ぶだけでも息が上がるので、僕は耳をダンボのようにして想像にふけった。

例えば、四百年前、髷《まげ》を結った男がひとり寂しく縄を跳び越えているところへ、ふっとタイムスリップするように。持ち手など付いていない縄をひゅんひゅん回しながら、男の草履が地面を蹴って跳び上がるとき、犬たちが一斉にワンワン吠える。そんなことはおかまいなしに、男は縄を回して高く跳び上がる。そんなときなわとびは、ある規則を持ったリズムのようでもあった。息遣いのような、それ特有のたった一つのリズム。リズムを保つためには跳び続けねばならず、「今」が途切れることなくつながっていくようだった。その一定のリズムを想像するだけでも、男が理解できる気がした。ヒモの形態がいくら変わったとしても、それを跳び越える人間の姿勢は変わらないから。出会いと別れに関する悠久の歴史にはめまいを感じるほどだった。

おじいさんが水筒を差し出した。氷のプカプカ浮いた水だった。

一度に無理したところで意味がありませんよ。どんなことでも毎日続けないと。

彼は人差し指でサングラスを押し上げると、腰をぐっと伸ばした。まだ体力が有り余っていることを見せつけたそうな様子だった。

あの、どうしてなわとびなんですか？

僕が訊くと、おじいさんは、

何だって、やっているうちにわかるようになるものですよ。

とふっと笑った。暗い公園の風景と真っ黒いサングラスのおかげで、彼の表情は見えなかったが、笑っているのは確かだった。やっているうちにわかるようになるのか、知りたいからやるべきなのかはわからなかったが、いっそのこと、何も知らなかった状態に戻りたかった。できることなら、彼女に出会う前に。彼女は、何がそんなに耐えられなかったのだろうか。これから彼女は、誰とどこでどんなものを食べるのだろうか。過去を振り返ったり、未来を想像したりすることに今日を使い果たすことこそ、もう飽き飽きだった。飽き飽きしているのに、どこでどうやってやめるべきかわからなかった。僕の一日の始まりと終わりが、誰かに無限に引っ張られているようだった。

一日に何回ぐらい跳ぶんですか？

おじいさんは、なめらかにヒモを回しながら軽々と跳び上がった。

十年もやっているんですから、あなたよりはずっと多いでしょうね。一日に千五百回跳んでごらんなさい。きっと何かが変わったことに気づきますよ。

まるで千五百回跳べば全て変わるとでもいうように、彼の口調は確信に満ちていた。僕は七百回前後を行ったり来たりする自分の体力を推し量りながら、千五百、とつぶやいた。千五百、千五百回。

眠れない夜には決まって、睡眠導入剤を噛み砕いた。なわとびをしているときには、今すぐにでもぶっ倒れそうなほどの疲労感が襲ってきたが、がらんとした部屋に横たわると、また目が冴えてしまった。パタパタとケータイのフォルダを何度も開いたり閉じたりして、けっきょく、玄関のドアを開けて外へ出ることもしばしばだった。点線のようにぽつぽつとコンビニが立つ路地に沿って歩くと、それぞれ異なる「今日」を耐え忍んでいる人を見かけた。ある人の「今日」は早めに眠りにつき、ある人の「今日」は不眠に悩まされ、またある人の「今日」は今まさに始まろうとしている。言うならば、そんな数多くの「今日」を目で確かめながら、僕自身の一日を少しずつやり過ごしていた。「今日」は終わることなく、毎日やってきた。毎回、僕が彼女の家の前にたどり着くように。彼女はたった一度だけ、玄関のドアを開けて警告したことがあった。

いい加減にしてよ。

どれくらいベルを押したのだろう。下の階の誰かに、静かにしないと通報すると脅されたあとだった。わずかに開いたドアの隙間から、彼女の目元や口元、柔らかい頬などが見え隠れした。外に向かって力いっぱいドアを引いてみたが、彼女はついにドアを閉めてしまった。バタン、とドアが閉まるとき、この世の全ての窓が真っ暗になった。唯一明るいのは、彼女の窓だけだった。窓の向こうで彼女の日常は安穏として見え、ついには窓さえ眩しく見えた。僕は四角い窓をしばらく見上げてから、元来た道を引き返すのだった。ドアが開かないことを知りながらも、僕はまたどれほど長くドアを叩き続けねばならないのだろう。奥歯をぐっと嚙みしめると、砕けた錠剤の苦みがいつまでも消えなかった。

だから、おじいさんのアドバイスは嘘だった。世の中には、いくらくり返してもわからないことがあった。僕はヒモを回した。夜中の公園はひっそりと静まり、タッ、タッ、タッという音がこだまして戻ってきた。五百回を超えると、荒い息遣いが漏れてきた。僕は、一度も会ったことのないフランク・オリベリを思い浮かべた。韓国で誰かが自分のことを思っているなんて、彼は想像したことがあるだろうか。彼は、褐色の肌を持つ若い黒人だったかと思えば、とても小柄な白人であったり、背の低い東洋人にもなった。フランクは何にでもなりえた。彼が東洋のよぼよぼのおじいさんであっても、何一つおかしくはなかった。僕は、彼女からできるだけ遠くに自分の空想を押しやった。そうするうちに、フランク・オリベリと並んでなわとびをすることもできるようになった。八万回も跳ぶエネルギーは、一体どこからやってくるのだろうか。僕はなわとびに没頭するオリベリを横目で見た。それにしても、八万なんて、気が遠くなりそうな数字だ。彼がなわとびする姿を見つめているだけでも、鼻の奥がツンとした。

ひょっとしたら、彼女もときどきなわとびをしているのかも。

なわとびを始めて、半月ほど経ったころだった。なわとびの回数は相変わらず足踏み状態のままで、そうするあいだ、僕はカレンダーを二枚めくった。彼女に会わなくなって二カ月経っていたのだ。不思議だった。彼女は依然として電話に出ず、僕は暗い部屋に横になってせっせと錠剤を嚙み砕いた。何も変わっていなかった。いや、たった一つ変わったことがあるとしたら、毎晩、どこまでも広がっていく闇の中で、無言でなわとびをする彼女を想像できるようになったことだ。

また来ようね。

彼女はたびたびそう言った。安物のトッポッキをお腹いっぱい食べて店を出ながら。今度また歩こうね。キャンパスを大きく一周散歩したあとにも。あそこにまた行こうよ。漢江《ハンガン》の近くで一杯のコーヒーを分け合って飲んだあとにも。何かをくり返すことが、何の問題にもならないときもあった。そのうちふと、全てが退屈に思えてしまったのだ。似たような食べ物で腹を満たし、昨日行ったカフェで同じ物を飲み、同じ映画館で代わり映えのしない映画を観なければならない恋愛に、嫌気が差すことだってありうるだろう。いや、ひょっとすると、そのたびに、いつも傍にいた僕が問題だったのかもしれない。僕は薄目を開けた。なわとびを終えて家に帰っていく彼女の後ろ姿が、闇の中にトボトボ消えてゆくと、空が白み始めた。

僕はなわとびにいそしんだ。おじいさんは、

何回跳びました？

と訊き、僕は昨日と同じく、

数えていなくて。

と、とぼけた。空の色は夜ごと、薄くなったり、濃くなったりと微妙に変化したが、おじいさんはサングラスを外さなかった。彼はサングラスを掛けたまま、ひっきりなしにヒモを跳び越えた。僕たちのタイミングは、ぴったり合っていたかと思うと、気づかぬうちにズレていたりした。僕が、

あの、そのサングラス、どうして掛けているんですか。

と訊くと、おじいさんは

どうせ、夜じゃないですか。

と、間の抜けた返事をした。なわとびの回数を除けば、おじいさんと僕は毎回おあいこだった。おじいさんはサングラスを、僕はなわとびの回数を盾に、黙り込んだから。それでも、僕たちは毎日同じ公園で会った。雨は大して降らず、ひどく蒸し暑かったが、公園はいつも運動する人たちで混んでいた。千五百という数字にはまだほど遠く、僕にできることと言えば、ひたすらヒモを回し、それを

くり返し跳び越えることだけだった。そして、なわとびをしている束の間、彼女を忘れた。つまりなわとびは、僕にできることの中で、彼女から一番遠く離れていられることだった。

この日曜の夜も公園に来ますか？

ある日、おじいさんがそう尋ねた。そのころ、僕が一日も欠かさず公園に来ていることを知っていたはずなのに、今さらながら確かめようという口ぶりだった。

どうしてですか？

その日、同好会の集まりがあるんです。あなたにも来てもらいたくて。

集まりですか？

来ても来なくてもかまわないという口ぶりだったが、それがおじいさんのやり方だった。ぜひ来いという意味だった。彼がにっこり笑った。いや、笑ったというのは嘘だ。おじいさんはサングラスを一度も外したことがなかったのだから。でも、目元が見えないからといって、彼の表情が見て取れないわけではなかった。そのころの僕は、そんなことも考えられるようになっていた。

一九〇〇年代のドイツでは、効率的ななわとび法を紹介する本が出版された。グーツ・ムーツは数年にわたり、なわとびを利用して身体を鍛える方法を考案し記録したのだが、その本が公立学校の教材として採択されたことにより、なわとびが広まる決定的な役割を担うことになったのだ。おじいさんは、なわとびに関するその類の話を、ことあるごとに聞かせてくれた。僕がなわとびを単純で面白みのない運動だと思っていることに、我慢ならない様子だった。まあ、もし彼女と別れていなければ永遠に知らずに済んだことだったので、なわとびに関することは全て二の次だった。おじいさんは、新体操がなわとびから生まれたのをご存じですか？

と訊いてから、
実は、世の中のほとんど全ての人が、一生に一度はなわとびをするんですよ。すごいでしょう？

と、ひとり感嘆することもあった。僕は千五百回を超えるため、へとへとになるまでジャンプし続けた。ヒモはたびたび引っ掛かり、そのつど姿勢を整えてまた始めるのはひと苦労だった。常に同じ姿勢、同じ動作をくり返す運動。新たな可能性が何一つないということは、人のやる気を失せさせた。ヒモは地面を掠って足首を叩いたかと思えば、丸く持ち上がろうとしたとたん、踵で止まった。完璧に回転したと思った瞬間、ヒモはまたしても絡まった。千五百を超えたいという思いが強くなればなるほど、その数字はどんどん遠のいていくのだった。

テンポをつくるんですよ。

こう、こうです、と言いながら、おじいさんの体は規則正しくジャンプしては着地した。じっと見つめていると、ヒモは姿を消し、おじいさんの体だけがぴょんぴょん飛び跳ねているようだった。ずいぶん遠目に見ると、一瞬地球から離れて、またすぐ戻ってくるようにも見えるだろう。何とかしてこの地球から離れようと躍起になっているかのように、おじいさんは地面を蹴って跳び上がっては、元の場所に戻ってきた。でもおじいさんは、全てお見通しという顔だった。だから、おじいさんのリズムはいつも軽快だった。無限に戻ってきてもちっともかまわない人のように、ひたむきなところがあった。強いて言うなら、僕はそんなところが羨ましかった。回数よりも、おじいさんのまっすぐな「今日」が羨ましくて仕方なかった。

金曜の夜は、僕が彼女に会った最後の日となった。路地をたどってやっと家の前に着いたとき、彼女は留守だった。明かりの消えた窓の前で、彼女宛てに届いた郵便物を一通ずつ開けながら、三時間ほど時間をつぶしていた。今月のインターネット使用料二万三千五百ウォン、電気代一万七千八百五十ウォン、テレビの受信料五千ウォン、地方税五千ウォン、水道代七千六百十ウォン。僕は請求書を何度も読み直した。いくつかの数字に簡略にまとめられていたが、それがどれほど多くの場面を含んでいるのか、僕には想像できた。夜更けに玄関のドアを開けて電気を点けるとき、テレビを観ながら飢えた口の中にご飯をすくって入れるとき、パソコンを点けてマウスをカチャカチャ言わせるとき、水を流しながら遠慮がちに用を足しているとき、つまり言いかえれば、日々くり返されるごくありふれた瞬間にも、メーターは黙々と回り続けていたのである。僕は、暗闇の中で静かに回転するメーターを思い浮かべた。僕が消去されたあの窓の向こうで、彼らは今も同じ速度で回っているのだろうが、もう二度とその事実を確かめることはできないのだった。昨日も、今日も、明日も続くがゆえに以前は一度も目を留めたことのない日常。だからこそ、ひょっとすると一番長く記憶される瞬間の数々。僕は彼女のささやかな日常を思い浮かべた。彼女がどんなジャンルの音楽を聴くのか、どんな番組を観るのか、どんなおかずを食べるのか、どんな洗剤を使うのかなどという疑問を、これからは少しずつ想像へと置き換えていかなければならないのかもしれない。そしてその晩、彼女とばったり出くわした。僕は引き返そうしていたところで、彼女は数歩離れた所でつっと立ち止まった。彼女に間違いなかった。一気に千五百回なわとびをしたときのように、鼓動が激しくなった。

久しぶり。いつから待ってたの？

彼女の言葉が、なぜか僕を気遣っているようで申し訳なかった。本心だった。僕は勝手に封を切ってしまった請求書の束を差し出した。

持ってってもいいわよ。ついでに全部払ってくれてもいいし。

僕は請求書を一つにまとめて折りたたむと、ポケットに押し込んだ。尻ポケットが膨れ上がった。彼女と僕は地下鉄駅まで一緒に歩いた。お酒を飲み、午前零時を過ぎて、終電を逃してしまうことを何度も想像したが、地下鉄駅がだんだん近づくにつれ、そんな考えはいつの間にか薄れていった。しばらく見ないうちに、彼女は少し変わったようだった。こんなことなら彼女を想像の中に閉じ込めておいたほうがマシだった、と後悔した。後悔だと決め付けることはできなかったが、それは後悔の念に似ていた。地下鉄駅の前に着くと、彼女は、

じゃあね。

と手を振った。明日や明後日の約束をするわけでもなかったので、彼女のあいさつはそのあとが続かず、途切れてしまった。

お前もな。

僕は、彼女が引き返していく路地を思い浮かべた。もう二度と、一緒に歩くことのない道。そのおぼろげな時間たちに元気でね、とさよならを告げた。僕と彼女はお互いに、一度だけ手を振り合った。言葉にはしなかったが、彼女も僕もわかっていた。別れ際、いつも相手に向かって手を振り合っていたこの三年間の習慣も、これで最後なのだということを。こんなつまらない習慣があったからこそ、僕たちは僕たちになれたのかもしれない。けっきょく、僕たちを証明するものは、行きつけの中華料

理屋や、手を振り合っていた取るに足らない習慣にほかならないのだから。言ってみれば、飽きるほど何度もくり返していた力によって、彼女と僕はいっとき、僕たちでいられたのではないか。地下鉄駅の階段を下りきったとき、彼女に伝えられなかった言葉をつぶやいてみた。

とても熱心になわとびしているんですよ。

日曜の夜に公園を訪れたとき、おじいさんは僕をこう紹介した。サングラスを掛けた人たちのあいだで、僕は恥ずかしいことに両目をさらけ出していた。みんながサングラスを掛けていたので、僕だけが何だか滑稽に見えそうだった。なわとびの集まりというより、サングラスの集まりのようだった。サングラスを掛けていない僕を除いて、みんなで九人だった。僕のせいでずっとひと桁台だった会員数がふた桁になったと、おじいさんが面白くもない祝辞を述べた。みんなが間隔を空けて立ち、拍手をした。盛大な拍手の音のせいで、公園を行き交う人たちがこちらをチラチラ見やっていた。

では、これをひと粒ずつ飲んで、なわとびを始めるとしましょうか。

おじいさんはポケットから錠剤を取り出した。僕はそのとき、他の人の手を探してさまよう数々の手を見た。こっちの手とあっちの手がなかなか出会えず宙をさまようとき、お互いの指先を探りながら手の平に注意深く錠剤を落とすとき、それでもなお数個の錠剤が地面に落ちるとき、僕はおじいさんが話さなかった秘密を目にしたのだった。サングラスなど、はなから意味がなかったのだ。サングラスの有無とは無関係に、彼らは常に真っ暗だったのだから。僕も錠剤をひと粒受け取り、口の中に入れた。ビタミンだった。爽やかな香りが口いっぱいに広がった。

ビタミンですね。

いいえ。それは目を見開かせる奇跡の薬なんです。フフフ。

僕の隣に立っていた男の人が、ぴょんぴょんとなわとびを始めた。ヒモを跳び越える人たちの足音が一カ所で入り混じると、それは、なかなか壮大なリズムのように聞こえた。いや、リズムというよりは、音楽のようだった。メロディーのない音楽、骨組みだけ残ったその音楽は貧相な感はあったが、力強く感じられた。

どうして話してくれなかったんですか？

おじいさんは体を宙に浮かせ、ヒモを素早く二回連続で回した。両腕をクロスさせ、あや跳びをしてみせたりもした。タッタッタッ、僕が基本のリズムだけを貫いているのに引き換え、みんなは自分なりのやり方でリズムを操っているのだった。

見ればわかるでしょうに？

見てもわかりませんでした。

そんなにいい目を持っているのに、見破れなかったのはあなたのせいですよ。

頭の上でヒモが絡まってしまい、僕はぴたっと立ち止まってしまった。

一つ、コツを教えましょうか。ひと晩に千五百回。

おじいさんはそこまで言うと、一瞬にしてヒモを三回跳び越えた。地面と体スレスレの隙間をヒモが通り抜けた。しかも三回も。噂にしか聞いたことのない、あの三重跳びである。

跳ぶ方法を。

おじいさんは、ゆっくりしたリズムを取り戻し、言葉を締めくくった。僕の下手くそな跳び方に気づいたのに違いなかった。僕は無言のままヒモを直し、軽く、跳び越えた。
一、二、一。こんなふうに跳び越えてごらんなさい。
おじいさんは、タッタッタッタッとジャンプしながら、一、二、一、二と号令をかけた。一、二、一。誰かがおじいさんについて号令をつぶやき、小さな声が合わさって暗い空へ舞い上がった。ずいぶん大きな声だった。

僕は地下鉄駅で最後に見た彼女の顔を思い出した。こんな日には、彼女もなわとびに没頭しているのかも。僕は、路地の片隅で黙々とヒモを回す彼女を想像した。地球を離れては戻ってくる彼女のシルエットは孤独で、僕はそのとき初めて、僕たちが孤独を分け合ったのだということに気づいた。僕たち二人はいっとき「僕たち」だったが、今では「僕たち」から脱皮しようとしているところだったから。二人が分け合った孤独の重さもまた、似たようなものだろう。一回跳ぶごとに一、二をこうして続けているうちに、二重跳びができるようになり、いつしか三重跳びもうまくなるんじゃないか。一、二、一。ヒモは空中で、また地面で、何度も止まった。
一、で跳ぶんですよ。跳んでいるうちに十年が経ち、そしてまた十年が過ぎるんです。
僕はおじいさんがつくり出す軽やかなリズムをぼんやり見つめていた。千五百ではなく、一。でもその一が、いつになったら百になり、千になるのだろうか。

じゃ、千五百回跳んだって、どうやってわかるんですか？

千五百回やったら、それ以上やらないつもりですか？　そのうち、二千回、三千回も跳べるようになりますよ。

みな、なわとびに熱中していた。靄のかかった月明かりがサングラスに映ってきらりと光った。じっと目を凝らしていると、ぴょんぴょんと体を浮かせながら、月に向かって少しずつ前進しているようにも見えた。目の錯覚に違いなかったが、だからこそ美しかった。

この瞬間、どれほど大勢の人たちがヒモを回しながら空中に跳び上がっているのだろう。僕は一度も会ったことのない人たちのことを想った。四百年前に、縄をひゅんひゅん回しながら跳び越えていた男の人や、三十時間以上もなわとびに没頭していたフランクさん、ヒモを跳び越えては記録し、再び跳び越えては推敲を重ねるグーツ・ムーツさんは今なお孤独に見えたが、僕は彼らの孤独が頼もしかった。一回跳ぶごとに、一。同じテンポで自分の孤独を押しやりながら、彼らは自らの領域を広げているようでもあった。タッタッと一定のリズムで前進しながら、彼らを取り囲む強固な闇を、限りなく軽くしていくようでもあった。薄目を開けると、みな丸いリズムの中で、ひっそりと平和に見えた。

できることなら、僕も話してあげたかった。なわとびを心から必要としている誰かに、僕もここでなわとびをしているのだと。この闇の向こうに、なわとびを始めようとしている人がどれほどたくさんいるのか、目を閉じると、地面を蹴り上げながらジャンプする彼らの足音が聞こえてくるようだった。公園を抜け、彼女の住む路地を通り抜け、都市を跳び越え海を渡ると、みんなが地面を蹴って空中にジャンプする音が、一度に大きなリズムをつくり出しそうにも思えた。

これぐらい跳んだら、何回ぐらいになるんでしょうか。

と訊くと、向こうのほうから答えが返ってきた。

さあねえ。

僕は、毎日少しずつ増えていく「一」を体験することになるかもしれなかった。数多くの一が千五百になり、二千になって、いつしか三千に届くかもしれない。彼女が前もって先の見えない日々を予想しなかったら、僕らは今でも僕らでいられたのだろうか。一、二ではなく、一、一に集中するためには、きっと僕にも練習が必要なのだろう。僕はおじいさんを横目で見た。なわとびが一人立ちできるための運動だとしたら、誰もが初めてヒモを跳び越えた記憶を持っているはずだ。僕は、それぞれの暗い過去を想像しながら、真っ暗な宙に向かって思い切りジャンプした。

ドア・オブ・ワワ

ワワはベトナム人だった。マレーシア人だったろうか。いや、ミャンマー人だったかもしれない。とにかく、韓国人ではなかった。初めてワワに会ったのは、教室でのことだ。何度か席を替え、教科書を広げてうつむいていたとき、近づいてきた誰かにトントン、と肩を叩かれた。

ハイ。

ワワだった。

ワワは小柄で、年配の女性だった。長い髪を一つ結びにしていたのだが、よく見ると髪はずいぶん薄かった。無邪気な表情と恥ずかしげに前で組んだ手のせいで、私はとっさに、ハイ、と答えてから、たちまち後悔した。もう少しやさしい答え方があるだろうと思ったのだ。授業が始まると間もなく、ワワは英語が下手なのだと気づいた。

カナダ人講師のジェームスは登場するなり、受講生の名前を一人ずつ確認していった。ワワは自分の名前を二度もくり返さなければならなかった。ワワ。ワワ。そうしてやっと、みんなはそれが名前なのだと気づいた。ジェームスは、もしも自分がワワの国で生まれていたら「ジェームスジェームス」と名付けられていたかもしれないとおどけたが、ワワはきょとんとした顔で笑うだけだった。きっと聞き取れなかったのだろう。

そもそも、ワワには聞き取れない言葉がたくさんあった。何より、授業が始まる前に受講生同士で交わす韓国語が聞き取れなかった。軽いお辞儀で挨拶を済ませていた人々は、数日経つと、天気について話したり、自分が持っている塾の情報を交換したりして、なんとか気まずい雰囲気を紛らわせようと努めた。そのたびに、ワワは首を振り向けながら、話をしている人の顔を追いかけた。目が合うと、白い歯をのぞかせて笑った。私も何度も目が合ったが、他の人たちと同じように、ちょっと笑いかけるぐらいのことしかできなかった。そんなときのワワは、気まずい空気の中に足を浸し、ひとりぼっちでじっと立ちつくしているように見えた。

授業が始まり、みんなが英語で話しているときも、大して変わらなかった。ワワの発音はアクセントが強すぎたり、鼻音が混ざっていたり、母国語に引っ張られる習慣や癖のために、どこか不自然で聞き取りにくかった。みんなは何度も同じ質問をしなければならなかったし、ワワは何度も同じことをくり返さなければならなかった。時々はワワの言いたいことがわかるような気もしたが、私もまた、他のみんなの意見に同調していた。

いつだったか、ワワのそばで立ち止まったジェームスがこんなことをささやいた。受講生たちが絵の描かれた小さなカードを手に、席を移りながら会話していたときのことだ。

ワワ、話すんだ。でなきゃうまくならない。

ワワは口数の少ないほうだった。それがつたない英語のせいなのか、慣れない環境のせいなのかはわからなかったが、ワワはそのときもこれといった返事をしなかった。ジェームスが人差し指を立ててとがめるように言ったため、私は内心冷や冷やしていた。ところが、ワワはただ頷くばかりだった。一度は、両手を合わせて何か言い出しそうなポーズを取ったものの、いつものように笑うばかりで、ひと言も話さなかった。

授業はいつも五分から十分遅れで終了した。私はそそくさと荷物をまとめて教室を出るタイプだったが、その日は忘れた傘を取りに戻ったため、少し遅くなった。エレベーターに乗ってみると、そこにワワがいた。私は軽く目配せだけしてみせると、ドアのほうを向いて立った。ドアが開き、人々がどっと吐き出されたあと、最後にエレベーターを降りた。ワワの姿はなかった。これといってかける言葉も用事もないくせに、私は一階のだだっ広いロビーをきょろきょろと見回してから、そこを出た。雨だった。傘を開こうとしたとき、前方にワワが見えた。傘も差さず、肩に大きなかばんを下げて雨の中を歩いていた。

あのとき、なぜワワを呼び止めたのだろう。どうせ同じ方向だ。もしも傘を差して通り過ぎる私に気づかれたら、それこそばつが悪い。雨脚は強くなる一方だったから、心配でもあった。ワワ。走り抜けていく車の音が私の声を遮る。ワワ。私は足を速めた。人々が、好奇の目で私を一瞥しながら通り過ぎてゆく。ちょうどランチタイムで、会社員や出前のバイクも多かった。私の声は徐々に大きくなっていった。ワワには届かなかったのだろう。バス停の辺りに立っていたようだったのに、着いてみると消えていた。

昨日、呼んだのに、気づかなかったね。

翌日、ワワに言った。ランダムにペアを組んで、昨日何をしたか尋ね合う時間だった。私は傘を差して歩くジェスチャーをしてみせ、入らないかと誘おうとしたと言った。ワワはぱっと笑顔になって、ありがとうと言った。幸いすぐにバスが来て、バス停と家は近いからさほど濡れなかったとも。私たちはこれら全ての話を英語で交わしたのだが、いくつかのごく基本的な単語だけで事足りた。不思議だった。普段、何のためにあんなに多くの単語を駆使しているのかと疑ったぐらいだ。

そのころの私は、毎晩のようにインターネットで昔のドキュメンタリーを探し、ビール片手にそれを観ていた。ビールがなくなれば、暗い路地を歩いてさらに買ってくる。そんな毎日が続き、最寄りのコンビニを避けて、別のコンビニまで歩くこともあった。深夜のコンビニに立つアルバイトは記憶力がいい。時々、私の背中に向かって「だらしない」「情けない」「ダメ人間」なんて言葉が投げつけられているかと思うと、たちまち酔いが醒めそうだった。明日こそもっと遠くまで行こう。帰り道にはそう胸に誓うのだが、その誓いが守られた日は数えるほどしかない。

ネルバ家の家族四人は、巨大なゴミ捨て場で一日を送ります。

私が観るドキュメンタリーは大抵、貧しい環境に生まれたためにまともな教育を受けられず、幼少のころから仕方なく仕事を始め、結婚するとやむなくたくさんの子どもが生まれ、そのあいだにも健康は失われゆくが、大家族を養うためには一日とて休む暇はなく、どんな仕事でも手当たり次第に引き受ける人々の話だった。片脚がなかったり、片腕がなかったり、生まれつき鼻がなかったり、目が見えない人たちも登場した。事情はどこもさして変わらず、観ているうちに、肌の色や国籍、背景なんかを巧妙に差し替えたもののように思えてくる。それとも、貧しさやひもじさは、あらゆる人々を似たり寄ったりにしてしまうのかもしれない。それらはすさまじい勢いで大陸を横切り、山脈を越え、海を渡り、家を選ばず押しかけては、絶えることなくそこに居座った。

申し訳ないと思ってます。本当に。そう思わずにはいられませんよ。

ドキュメンタリーでは誰もが口を揃えて、親や子どもやきょうだいに、隣人や同僚に、さらには今は亡き人にまでそう謝った。申し訳なさが募るあまり、もはや謝ることさえできないという彼らの境遇は気の毒に思ったが、時にはそのあきれるほどの無能さに腹が立った。これじゃ食べていけないとしきりに涙しながらも、互いを縛り付け、ことあるごとに互いの労働力やチャンスや人生やらを搾取したり無駄にしたりしているように思えたからだ。お互いがお互いのために犠牲になるのだというが、互いに足を引っ張ることと何が違うだろう。私はなじるようにつぶやきながら、買ってきたビールを順に空けていった。ビールを飲み干すと、さっきまでの気持ちはどこへやら、画面に視線を固定したまま、ばかみたいにすすり泣くのだった。

数日後、授業のあと、ワワと一緒に大通りへ向かった。真夏は終わっていたが、昼日中の陽射しはやはりきつい。ワワは片手を額にかざして陽射しを防いだ。そのたびに、手首にはめられた色とりどりのブレスレットがチャラチャラと音を立てた。私は足並みを合わせながら、調べておいた店があって、ここから遠くないことを伝えた。ワワは、歩くのには自信がある、これくらい何ともないと言った。

私たちが訪れたのは、だしの効いたさっぱりとした味わいのククス［素麺］屋だった。ランチタイムで、店はにぎわっていた。私たちは入り口に立って、誰かが見つけてくれるのを待たねばならなかった。お盆を持った店員が、何度となく私たちを素通りしていった。私は壁にかかったメニューを指して、ワワを振り返った。ワワはきょとんとした顔で、人混みを避けて壁際に立っていた。何にするか尋ねようとした私は、ふと、ずっと前にあなたの国を旅行したことがあると言いたくなった。

そのとき、本当においしい麺料理を食べたわ。

夜、露台の並ぶ路地を、旅行客と現地人がないまぜになって行き交っていた。昼間の焼けつくような熱気は和らいでいたものの、簡易椅子に座って片手に器、片手に箸を持ってそれを食べるうちに、全身汗だくになった。三日間、ほとんど何も食べられなかったのだ。腸炎？　それとも食中毒だったろうか。とにかく、口にしたそばから全て吐いた。四十度を前後する天候の中、水しか摂れないまま方々を見て回ったため、体力は底を突いていた。

タンクトップ姿の現地の男たちが、親指を突き立ててグッド？　グッド？　って訊いてきたの。グッド、ベリーグッドって答えたわ。私は、私の器に麺を少しずつ取り分けてくれていたチョンを思い出していた。彼の顔や表情はぼやけていて、オレンジの街灯の明かりに覆われたような、ほの暗いシルエットだけがくっきりと浮かんだ。

そのとき、パクチーを初めて食べたの。パクチー、パクチーよ。

それがコリアンダーなのだと、あとになって知った。嫌な匂いのする、あの草だ。最初は毛嫌いしていたが、そのうち平気で食べられるようになっていた。ワワはやっと理解し、嬉しそうにした。

透明なスープはあっさりしてて、麺もやわらかかった。いくらもしないのに、本当においしかった。

本当のところ、それは私がしたい話ではなかった。他にしたい話があった。そういえば、それは、これまで誰にもしたことのない話だった。チョンと私は付き合って五年になり、アルバイトをして一緒に旅行に行くことに決めたのに、私はほとんどお金を貯められず、チョンがほとんどの旅費を負担してくれた。そのために私は、旅のあいだ中、ささいなことでイライラしていたのだと打ち明けたかった。当時は若気の至りだと思っていたが、今の自分も大して変わってはおらず、少し前、チョンが大きな手術をするという話を伝え聞いたときも、私は戸惑うばかりでメールも、電話もできなかったのだと話したかった。でもやっぱり、私がしたいのは、そんなふうに手短に要約された話ではないのだと思い直した。私はしつこく、麺料理の話を続けた。

ワワがククスを食べられないことは、ずいぶんあとになってわかった。サラリーマンたちが出ていき、空きテーブルに席をとったとき、メニューを見ていたワワがびっくりしたように言った。

私、お肉は食べないの。宗教があって。

ヒンドゥー？　と訊いてみたが、ワワは首を振った。違うという意味なのか、聞き取れなかったのかはわからないが、それ以上は訊かなかった。他に考えていた店がなかったため、ひとまず店を出て、一緒に歩いた。道に落ちた銀杏の実がつぶれ、悪臭を放っていた。ワワは私と同じように、銀杏の実を踏まないように気を付けて歩いた。大通り沿いまで出たものの、これといった行き先があるわけではない。そのころの私は、食事といえばいつもひとり、そのうえ、ほとんどを自宅で適当に済ませていた。

あの人たち、知ってる？

横断歩道に並んで信号を待っているとき、ワワが言った。知らなくて訊いているのか、知っていることを確かめるために訊いているのかわからなかったが、私は頷いた。ワワがつぶやいた。

本当に悲しいことね。

人々はテントを設け、そこで食事をし、寝起きした。年中人混みで溢れるソウルのど真ん中で、彼らは一日中プラカードを手に立っていたり、署名を募ったり、行進をしたり、インタビューをしたりし、時にはテントの真ん中で棒立ちになって、過ぎゆく季節を眺めた。私も何度か、その前を通ったことがある。何だか見物でもしているような気になり、いつも足早にそこを通り過ぎたものだ。ワワはテントの辺りに目を向けたまま、こう言った。

あの人たち、何て言ってるの？

ひと塊の人々が声高らかに叫んでいる。彼らの声は大きくはっきりしていて、誰の耳にも正確に届く。でも、ひとたびそれを訳すとなると、どう言えばいいのかわからなくなった。むずかしい言葉じゃないのに。その気になれば、いくつかのごく簡単な単語で足りるはずだ。

さあ、よくわかんない。

悩んだ末に、私はやっとそれだけ言った。

私たちは近場のベーカリーに入った。私はハムとチーズがたっぷりのサンドイッチを注文し、ワワはプレーンのベーグルを選んだ。コーヒーが二つ、先に出てきた。本当は、ワワに訊きたいことがあった。このあいだの授業で、ワワがしていた話。互いの出身を尋ね合う練習をしていたとき、ワワはジェームスに、自分の故郷を明かした。

ああ、そこ。僕も知ってるよ。大きな地震があった所だね。

ジェームスの言葉がなければ、私は聞き流していたに違いない。ワワはそこが自分の故郷で、一年前にそこを離れたのだと言った。

たくさんの人が死んで、怪我をした、ワワは頷いた。そうだよね？

ジェームスがさらに付け足すと、ワワは頷いた。つまり私は、その話をもう少し聞きたかった。私の職業を伝えたほうがいいだろうか、そう迷った挙げ句、適当に言いつくろった。何か書かなきゃいけないのに、実は何をすべきかわからなくて、夜はビールを飲み、昼は町をぶらついているのだと。

ワワは食べやすいようにパンをちぎりながら、楽しそうに聞いていた。半分は理解し、半分は理解していない様子だった。ワワの手は小さく、乾いていて、黒かった。私はナプキンとウエットティッシュを持ってきて、テーブルの隅に置いた。私がサンドイッチを食べ終わるころ、ワワが口を開いた。ワワが何も話さないので、サンドイッチをもう一つ食べようか悩んでいたところだった。食べても食べても、空腹が収まらなかった。

うちには扇風機があったの。

ワワが言った。「扇風機」という単語を自分の国の言葉で言ったため、すぐにはわからなかった。ワワがテーブルに、指でそれらしい絵を描いてやっと、それが扇風機のことなのだとわかった。ああ、扇風機。わかったような顔で言ったものの、それはこれまで一度も見たことのない扇風機だった。扇風機だと当てられただけでも大したものだ。単に「ファン」と言われていたら、まったく見当違いのものを想像していたはずだ。

十年前に、うちの家族はそれを、蚤の市で買ったの。

ワワはにこやかに笑った。

ワワ、あの日、あの村で起こった地震について話してもらえない？　それが私の質問だった。初めは、ワワが私の質問を取り違えているのだと思った。ワワは立て続けに扇風機のことだけを話した。何だろう、と耳を傾けると、またもや扇風機の話だった。それは扇風機の周りをぐるぐる回り、一、二歩その場を離れたかと思うと、強力な弾性が働いたかのように戻ってくるのだった。そのため、話の温度は冷めることも熱くなることもなく、快適といえるほどのペースで続いては途切れた。

いつだったか、その扇風機のネックの部分が折れちゃってね。足で扇風機を操作しないでって言ってたのに、聞かなかったのよ。夫はせっかちで、手と足が大きいの。

ワワは夫とのあいだに三人の子を授かったと言う。十九歳で夫と出会って結婚し、三年置きに三人の子を生んだのだ。夫は軍人で、ワワは看護師だったのだが、ある日夫はそこへの異動の発令を受けた。そこ。地震が起きた地域だ。ワワはそこで、二十年暮らしたそうだ。何よりとびきり天気が良かったのだと、明るい顔で笑った。

当時の様子を、何かの記事で見たことがあった。道の真ん中が真っ暗な口のように裂け、家や車がその中へ吸い込まれていたのを思い出す。ひん曲がったレールや、家の外に投げ出されたあらゆる瓦礫の上にいくつもの大木が倒れていたのも。取材や報道のために世界中のマスコミが速やかに現地入りしたが、全ては終わったあとだった。どんなに急いでも、あらゆる記事や報道や記録は、地震後に可能なのだった。ワワは当時、その村で地震に居合わせた人だった。そこで地震が起きたとき、それを体で感じた人。私の知る人の中で、ワワ一人だけが。

ワワは、自分の家の造りを説明するのに骨を折った。かなりの時間をかけて、木製のリビングにはいつもほこりが舞っていたという話をし、それは折れた扇風機のせいだったと言いながら、また笑った。またも扇風機の話だった。時折、ワワの話が私の質問からかけ離れていくような気がすると、私はこんな話をしたくなった。チョンについての話。はたまた、チョンについての話のように、これまで一度も、誰にも話したことのない話。あの日、私は彼に会いに行くつもりだった。その日は必ず行かなきゃと思っていた。思いが強すぎて、本当にそこへ行ってきたと思い込みそうになるほどに。でも、また少し経つと、そんなことは自分がしたい話ではないのだと思った。

ワワは夫の話をした。いや、聞いてみると、それはワワの夫が木で作った小さな椅子についての話だった。扇風機の話をしていたはずが、いつの間に椅子の話に取って代わったのだろう。

夫はまじめで、手の器用な人だったわ。

ワワの夫が亡くなったことは、もう少しあとになってわかった。地震のあったその日、ワワの夫はリビングに寝転がってテレビを見ていたと言う。私は一瞬、ニュースや新聞で目にした記事を思い浮かべたように思う。でも、ワワの夫は地震で亡くなったのではなかった。ワワは、そうではない、とだけ言った。そして、思い出したかのようにまたもや扇風機の話をしたり、夫が作った木のテーブルについて懇切丁寧に説明するのだった。そんなワワは、足の踏み場をよくわかっているように見えた。ひょっと足を滑らせたり踏み外してしまわないよう、暗く深い水たまりの周辺を、用心深く歩いているように。

こういう椅子に似てる?

私は自分の座っている椅子を指して尋ねた。黙って聞いてばかりいるのは、心なしか無礼な気がしたからだ。誰かが話しているときは常に相応のリアクションが必要で、私は往々にしてそういったことが苦手だった。そのためになおさら、聞けたはずの話を逃したり、言わなくていいことまで言う羽目になった。

ううん、背もたれがなかった。四角くて、縦長で。

じゃあ、ああいうベンチみたいなやつね。

私は窓の外を指差しながら言った。

ううん、ああいうのとはちょっと違う。

ワワは、ううん、をくり返した。ううん、あなたの言うそういうのじゃない、と。ワワの夫が作った椅子がどんなものだったのか知りたかったが、話せば話すほど椅子の輪郭は次第にかすんでゆき、ついには見えなくなった。

よくわからない。

最後には、こちらが済まなそうな顔で言うしかなかった。

いいの。いいのよ。

ワワは、それは当然で、どうってことないことだというように笑ったあと、残りのコーヒーを飲み干した。家への帰り道、午後いっぱい、質問とはまったく無関係の話を聞いてきたという思いが湧いた。次こそはあの日について詳しく聞き出そう、と一度は決心したものの、その場になるとまた同じようなことのくり返しだった。

一人暮らしなの？

数日後、ワワが訊いた。私たちは前回と同じベーカリーに座っていた。窓の向こうで、季節が移ろいでいた。秋らしい彩りや空気といったものが、彼方に遠のきつつあった。私は大学進学を機に一人暮らしを始め、その後六回引っ越した、ソウルの生まれではなく、実家は電車で三、四時間の所にあると言った。ワワの質問にはおかしなものも多々あったが、私は丁寧に答えた。例えば、「いつも何を食べてるの？」といった質問。ごはんよ、ごはん。ごはん、わかるよね？　英語での会話は、どうしてもピントがずれていたり、つじつまが合わなかったりするのだった。私たちはしばらくのあいだ、戸口調査か尋問とでも言えそうな問答を続けた。そういった会話は、同じ場所から大きな硬い壁に向かって、ボールを投げては受け止めている気分にさせた。いくらボールを投げても、壁には傷一つ付かず、ボールは毎回、同じ場所に戻ってきた。

あの日のこと、話してもらえない？

私はもう一度尋ねた。古い扇風機や、歩くたびにぎしぎし音を立てていたリビング、夫が作ったという椅子の話ではなく、足元から這い上がってきた鮮明で得体の知れない感覚について話してくれという意味だった。穏やかな風景を破り、割き、突き破って出てきた目に見えないものがどんなふうに日常をひっくり返したのか、ある午後の崩れゆく路上で何を失ったのか、一瞬で増幅した感情がどんな傷と影を残していったのか、私は知りたかった。それらが自分の予想や推測とかけ離れていないことを確かめたかったし、そんなときなら、何か書けそうな気がした。それは私がドキュメンタリーを観ているときに感じるもので、自分が抱え込んでいる、とある時間の数々がふっと軽くなるのだった。

確かに、その束の間だけは、全てが解決したように思えるのだった。

ああ、そうそう。

幸い、ワワは自己防衛の強い人ではなかった。ささいなことで相手を敵視するようには見えなかったし、寝る前に誰かの言葉をこと細かに思い返して、何か裏があるのではと考えるタイプにも思えない。ワワは、空いた椅子は他にもたくさんあるのに、よりによって私たちのテーブルの椅子を借りに来た男にも、快く頷いてみせた。一緒に過ごすあいだ、私は似たような場面に何度も出くわした。そんな光景を見るのは、気持ちのいいことだった。ワワはあの日の話をした。

あの日は本当にいい天気で、餃子を作ろうと思ってたの。

ワワは宙に両手を広げて、指を踊らせた。眩しい陽射しを表現したのだ。それから、市場で材料を買い、魚を刻み、野菜をゆで、それらを大きなボールに入れてこねくり合わせているうちに午後も過ぎてしまったと説明するのに、長い時間がかかった。ふたを開けてみると、それはあの日の話ではなく、数日前の出来事だった。餃子を思い浮かべたことで、数日前のことを思い出したようだった。話はまたも脇道に逸れた。

その餃子がほんとにおいしくってね。おいしすぎて、全部食べちゃったの、家族で。食べつくして、お腹を壊しちゃったのよ。末っ子がね。

ワワは真夜中に、サンダルで薬局に走ったと言う。店は閉まっていて、二時間以上もドアを叩き続けていたのだと。町に薬局は一軒きりで、その店の薬剤師はあの日、崩れ落ちた屋根の下敷きになって死んだとワワが言ったとき、私はちょっぴり驚いた。そんな言葉が飛び出すとは思ってもみなかったから。私は、ニュースでそういう場面を見た、と言った。

どんな場面？

ワワが言った。私は、道が裂け、家が崩れ、街路樹が引っこ抜かれ、電信柱が倒れている光景をとりとめもなく描写した。ワワの顔から笑みが消えた。それは私の錯覚だったかもしれない。ワワが言った。

ううん。そうじゃない。そんなふうじゃなかった。

じゃあどうだったの？　どうなふうに死んだの？

ワワは黙ったまま、わけもなくテーブルを撫でたりしていた。そしてふと、韓国に来てからは、ほとんど餃子が食べられなくなったと言った。一度、野菜餃子を買ったことがあったが、肉が混じっているのを発見して以来、どんな餃子を食べても肉の匂いがするのだと。そう言ってから、怒ったように大きな声を出した。餃子屋に対する怒りか、騙されたことへの腹立たしさだと思われたが、違うかもしれないとあとになって思った。実際、ワワは多くの言葉を口にしたわけではなかった。手話の使い手のように忙しく手を動かしてから、わからないと言うように頭を振ったのがせいぜいだ。静かで控えめなのに、どこかしら騒がしくも気忙しくも見えるその様子を、私は我慢強く見守った。でも、ワワを突き動かすようにして通り過ぎていく何かの気配や兆しのようなものを、ちらと垣間見るのがやっとだった。

本当のことを言えば、私もしばしば、そんな衝動に駆られた。その衝動はいつも、ワワには決して私の言葉が聞き取れないという確信と共に訪れた。言ってみれば、安全な気がしたのだ。私たちは共に英語が苦手で、ワワは韓国語ができず、私はワワの国の言葉を知らないから。私たちは、お互いのドアをどうやって開けて入ればいいのかさえ知らないのだった。そんなときは、私が踏みしめて立っている強固で頑丈な何かがゆっくりと揺さぶられ、その下で何か熱いものが動めき、波打ち、噴き上がるのを感じた。はるか遠く深いところで、あるものはいつまでも消えることなく、生きていた。その瞬間、はっきりとそれを感じた。

でも、ワワも私も、何も言わなかった。何度か息を吸っては吐き出すうちに、衝動なんてものはどこかへ消え去り、はっきりと感じ取れたわずかな振動や波動といったものも、巨《おお》きく揺るぎない日常の向こうへ引っ込んでしまったあとだった。

もうないわ。それは、もうあそこにない。

ワワは一度だけ、地震についてさらにそうこぼした。それは扇風機の話かもしれないし、テーブルについての話かもしれないし、餃子を作っていたある夜の話かもしれないし、ひょっとしたら、私には一度もしたことのない何かについての話かもしれなかった。いずれにせよ、その言葉の向こうにはじわじわと揺れ始める地面があり、傾く建物があり、ひしゃげていく往来で倒れてなるものかと、背筋をピンと伸ばして椅子に腰掛けているワワがいた。私はそんなことを考えていた。もう一度、さらにもう一度、答えを聞くまで何度でも尋ねたかったが、できなかった。ふいに、忘れたころになるとティーカップが震え、壁が震え、揺るぎない日常をかいくぐって何かが飛び出してきそうな危うい瞬間があったことを、ワワの口から聞くことはできないと思ったから。

ひと月が経っても、私もワワも、他の受講生たちの英語も伸びなかった。講義室で交わす会話も変わり映えしなかった。月曜には、週末に何をしたかと尋ね合い、私はそのたびにビールを飲んだとは言えず、何か特別なイベントをつくり出さなければならなかった。そのうち、ついさっき言ったことを忘れるようになった。

この週末は何をしたの？

一度、そう質問されて、チョンの病院を訪ねたと答えてしまった。そう言おうとしたわけではないのに、口をついて出たのだった。続けて別の言葉が、また続けて別の言葉がこぼれた。そのあいだ、私はチョンのことを考えていた。それだけが真実だった。それ以外の数々の真実は遠くに、その向こうに、私の言葉が届かないところに、そのせいでどう言っていいかわからないところにあった。もしかすると、そのとてつもない距離のために、いつでも真実のように感じられるのかもしれなかった。

本当？

他の人と話していたワワが振り返った。私は黙っていた。ただ、ワワがいつもそうしていたように、笑って済ませた。そして家に戻ると、ビールを片手に文章を書いた。ワワが聞かせてくれた、扇風機と餃子とテーブルに関する話だった。それはここにはなく、ずっと下のほうで息を潜めているある地震に関する話だった。少なくとも書いているあいだは、それがワワのものだという意識を必死でつなぎとめておかねばならなかった。

君はどうして何も話さないんだ？

ワワは毎日欠かさず出席した。ジェームスは毎日のようにワワをたしなめた。最初はそばに立ってささやく程度だったが、やがて他のみんなに聞こえるように大声で言った。冗談半分の口調だったが、そんなことが続くと、ワワは困惑の色を浮かべた。初めは、何と答えようか考えていたとか、話そうと努力しているところだとつかえつかえ言い訳だけでもしていたのに、ある日ふと見ると、ワワはジェームスと目も合わせようとせず、床の一点をじっとにらんでいた。それまでになかったことだった。ジェームスはにたにた笑いながらさらに続けた。

君はどうしてここにいるんだ？　どうして何も話さないんだ？　いつまで黙り込んでいるつもりだ？

ちょっと言いすぎじゃないかと思ったが、私はみんなと同様、その光景を黙って見ていた。ワワは帰り支度をし、そのまま講義室を出ていってしまった。一瞬目が合ったけれど、怒っているというより具合の悪い人のように見えた。恥じらいや当惑、脱力感といった様々な感情がないまぜになった表情は、とらえどころがなかった。授業が終わると、私はワワが答えることなく持ち去ってしまった質問が何だったのかを知った。家族は何人？　誰と住んでるの？　旦那さんの仕事は？　次の休みは何をする予定？　どんな天気が好き？　子どもは何人？　何を勉強したの？「あなたは」、あるいは「あなたの家族は」で始まる数々の質問のうち、何がワワを戸惑わせ口ごもらせたのか突き止めたかったが、それはむずかしかった。

翌日が、ワワと会った最後の日になった。授業が終わって出ていくと、入り口にワワが見えた。私と目が合ったとたん、ワワは親しげに近づいてきた。ずっと私を待っていたようだった。遠くまで行くことはせず、最寄りのカフェにワワを誘った。文章を書き送って間もないのに、原稿料はすでに入っていた。コーヒーを二杯注文し、私が払った。コーヒーを半分ぐらい飲んだところで、ワワが口を開いた。ジェームスについての話だった。もしやと思ったが、今度もこちらの期待や希望にまったくそぐわない話だった。私はそんな気持ちはおくびにも出さずに、ワワの話に耳を傾けた。

ええ。私もジェームスが無礼だと思ったわ。

ジェームスを名指ししておいてから、どう話していいかわからないでいるワワに向かって、そう助け舟さえ出した。ワワは、毎日授業に出るのがとてもつらいのだと打ち明けたが、決してあきらめたくはないのだとも言った。そうして、ジェームスの授業は悪いことばかりではないけれど、日によっては自分が無知で無能な、老いぼれた外国女だという思いが頭を離れず、腹立たしくなるのだと言った。家に帰るたび、何も話せなかった自分を責めることにもうんざりだと。ワワの話は、とりとめもなく続いたり途切れたりをくり返した。私は終始、冷めたコーヒーカップをいじりながら、飲みかけのコーヒーを見下ろしていた。わからない。このときほどワワが多くの言葉を発したことはなかったのに、私はせめてものマナーとでもいうように何度かワワのほうを見たきり、そのまま窓の外に視線を移し、店内を行き交う人々の後ろ姿をきょろきょろ観察し始めた。

私の言ってること、わかる？

ワワに訊かれると、うんうんと頷いたが、不意を突かれたようにはっとするのも束の間、そんなことはたちまち忘れた。私はコーヒーをもう一杯ずつ注文した。きりのいいところで腰を上げようと思っても、ワワは先手を打つかのように急いでまた話し始めるのだった。二杯目のコーヒーを飲み干したころ、私はこう言った。

ワワ。あなたは正式に、塾にこの問題を抗議するべきよ。

ワワの持てるものは、誰も聞き取れない自国の言葉が全てだった。それを知らないわけではないくせに、私はもう一度くり返した。ワワは面食らったような顔で私を見つめ、ずいぶん経ってからこう言った。

私にそんなことができるかしら。

ワワの質問は、自分にそんなことができると思うのか、という反問に近かったけれど、私は急用があるかのごとくかばんを取って席を立った。ワワが、私の目をまっすぐに見上げていた。あるものをはっきりと確かめた目だった。何かがばれてしまった気がし、続いて、ばれたくないと思い、かっと頬が熱くなった。恥ずかしかった。一方的に挨拶を告げ、店のドアを押して出るまでに、長くはかからなかった。だめ、と思いながらもふと振り返った瞬間、もう一度目が合った。一瞬のことだった。

ガラス戸の向こう、ワワはこちらにくるりと向きを変えて座っていた。そして明らかに、私に向かって何か言っていた。唇の素早い動きが、ひどくはっきりと見えた。

あれは助けを求める言葉だったのだろうか。

必死でそう思い込もうとしても、ワワの見たことのない表情とこわばった顔、黒くて小さな瞳に広がった激しくも危うい気配といったものがしきりに、生々しくよみがえるのだった。それはある種の怒りや憤りのように感じられ、のちには私への非難や叱責かと思われた。この耳で確かめられなかったワワの言葉を想像することは、私を戸惑わせやりきれなくさせた。かといって、いちどきに浮かんだ推測や憶測は、やすやすと消えてはくれなかった。

首筋を伝って、火照りが顔へ広がった。私は急ぎ足で、ごった返す通りへと向かった。どこまでも追いかけてくる感情を振り払おうと、それからは一度も振り返ることなくひたすら歩いた。でも、どんなに歩いても、ある瞬間だけは、一つの単語や文章で説明されることも、永遠に消えたりなくなったりすることもなく、私をぎゅっとつかんで離さなかった。

シャボン玉吹き

ごめん、なんて私が言うことはなかったのだ。

あとからそう思った。さっきより風が冷たい。手がかじかみ、しまいには指先が痛がゆくなってきた。ずっとケースを持ち歩いていたせいだ。中にはチョルスがいる。ハンドルは壊れる直前、重心は不安定なことこの上ない。それでも、汚い地面にケースを下ろす気にはなれない。私は路地の奥をのぞいた。通りを埋めつくす人混みに押されるようにして、気が付くとこんな裏通りに立っていたのだ。

ひとまず最寄りのカフェに入って、話を続けることにした。店内は多くの客で賑わっていて、うるさかった。ケースをテーブルの下に押し入れ、中の様子をうかがう。目が合ったとたん、チョルスはいきなり大きな声で鳴いた。出してくれと言うのだ。私はケースを壁にぴったりくっつけ、ぽんぽんと二度蹴った。静かに、という意味だ。

どういう意味だよ？

コーヒーを二杯運んで来ると、まだ口も付ける前から彼が言った。

何が？

コーヒーは熱く、とんでもなく苦かった。ひどい味。両手で紙コップを握っているうち、手を温めるだけのために一万ウォン以上も使っちゃったのか、と悔しささえ覚えた。何とか彼と目を合わせまいと、あえてぴかぴかのコーヒーマシンの前に立つ店員たちのほうに視線を据えていた。

ごめんって言っただろ。それ、どういう意味だよ?

彼はそれがどういう意味なのか、すでにわかっている様子だった。なのにわざわざ確かめたがる、つまり、何と呼べばいいだろう。負けん気、執着。もしくは、粘り強さや執念。ともかく、ありがたみや申し訳なさといった温かいものではなかった。そんな独り言をどす黒いコーヒーの中へ一つひとつ投げ込みながら、私は沈黙を守った。むやみに口を開いて、付け込まれる隙を与えたくなかった。

店内はますます騒がしくなっていった。大きな出入り口が開くと、冷ややかな風と共に、スピーカーからこぼれる音楽と人声が押し寄せてくる。おそろいのベストとジャンパーを着た人々が現れ、チラシやビラを手に握ったまま、やんややんやとテーブルやイスを動かして席をつくっている。それを見ていると、なおさら話す気になれなかった。私はそこらじゅうにばら撒かれたチラシの一枚を拾い上げた。そして、じっとそれを読みふけるふりをした。弾圧、拙速、糾弾。かくれんぼするようにそれらの単語の合間に隠れながら、ちらちらと彼のほうを盗み見た。

言ったよな? 今のこの子は、俺の知ってるあの子じゃないって。元に戻してくれたら連れて帰るよ。そしたら俺だって連れて帰るさ。

彼はじれったそうに、人差し指でテーブルの下を示した。全てが計算づくのように思えた。このあいだも、その前も、またその前も、同じような話を聞いた。ちらりと見た彼の目は、赤く充血していた。ひょっとすると徹夜で、私とチョルスに対面したときの対応マニュアルを念入りに準備したのかもしれない。

下手な言い訳はやめてよ、という言葉が喉元まで込み上げたが、私は落ち着いた声で言った。

彼女とはうまくいってるみたいね。

彼は、少しのあいだだけチョルスを預かってくれと言った。半月からひと月ほど。それなのに実際にチョルスを連れて来た日には、三カ月と言葉を変えた。環境がころころ変われば、こんなに小さくてか弱いチョルスには大きなストレスだろうからと。はなはだ心配そうな顔で言うので応じたが、それがチョルスのためではないことをあとになって知った。

そのころ、彼に恋人ができたのだった。

ある日の晩、酒に酔った彼から直接聞いた。ネコが怖いとか、ネコの毛アレルギーがあるとか、においに敏感な人なのかと訊こうとしたとき、彼がふとこうこぼした。

チョルスに見られてるって思うと、何もうまくいかなくてさ。自信もなくなるし。俺何やってんだろ、なんて思っちゃうんだ。

そして三カ月が過ぎてからは、ずっとこんな調子なのだった。今のチョルスは、自分の知っているチョルスではないと。私は頭を屈めて、ケースの中をちらりとのぞいた。大した違いはなかった。太ったと言っても、ほんの一、二キロのはず。私は、チョルスは同じチョルスだし、ちょっと太っただけで何も変わらないと言った。それでも反応がないので、そんなこと言ったってご飯をあげないわけにはいかないでしょ、とさっきより大きな声を出した。

連れて帰ってよ。私だってもう。

これ以上はつらいし無理よ、と言おうとするのを遮って、彼が問いただすように言った。

正直に言えよ。お前、俺が送った金で、ちゃんと言われたとおりのエサをやったのか？　安物を食わせたんだろ。じゃなきゃ何でこんなふうになるんだよ。何でどこんちのネコかと見紛うほどになるんだよ？

私はあきれた表情をしてみせたが、事実だった。まず、毎月送られてくるお金には、私がチョルスの面倒を見るという労働と苦労についての費用が含まれていなかった。幸いチョルスは何でもよく食べた。これといったこだわりや好き嫌いもなかった。だからスーパーに出かけるたび、少し安いエサを買う代わりに、私の分け前としてインスタントラーメンやコーヒーを買い、ときにはトイレットペーパーやシャンプーも買った。

否定しようとしたとき、彼は、やっぱりな、というようにため息をついた。ため息をついただけだったが、ついに使えそうな言い訳をゲットしたという確信のようなものを必死に隠そうとしているのがわかった。

とにかく、元通りにしてくれよ。そしたら連れて帰るから。こんなの、誰が見たってありえねえだろ。マジで。

しばらくすると、彼はかばんからスカーフを取り出して首にぐるぐる巻きつけ、席を立った。そして、一度も振り返らずにカフェを出ていった。

コーヒー、半分も残ってるじゃん。

私はぼやきながら、彼のコーヒーを私のコップに移した。そして考えた。どうして毎回、とろとろしているうちにタイミングを逃し、彼に先手を打たれてしまうのかと。紙コップを破いて丈を低くし、そこに水を注いでケースの中に入れてやった。ふとチョルスと目が合った。何だか、ひどくだるそうな表情だ。こんなこったろうと思った、とでも言いたげな。彼をして、俺何やってんだろ、と思わせる、まさにそんな表情。

カフェを出ながら、彼に電話しなければと思った。ともかく三カ月の約束だったんだし、肥満に関する注意事項なんて最初からなかったじゃない。彼が電話に出たら、そうぶつけるつもりだった。道路に車はなく、人しかいなかった。早朝から車を通行止めにしているせいだ。私は仕方なく、市庁のほうへ歩き出した。歩いて家に帰るつもりだった。もちろんその前に彼に会って、必ずやチョルスを返そうと心に決めていた。

道沿いに白い雪が積もっていた。近寄ってみると、米だった。誰かが怒りに任せて米袋ごとぶちまけたようだ。私は米をひと握りつかんで、少しずつケースの中に投げ入れた。何度やっても、チョルスのリアクションは薄い。私は米粒をもてあそびながら歩いた。人はますます増えてくる。歩いては止まってをくり返すうち、狭い歩道の端っこに追いやられ、気づくと道路に下りていた。そこも事情は変わらなかった。ひとたび歩き出せば、方向転換はできない。前を見ながら気を付けて歩かねばならず、途中で止まることもできない。そのうえ、プラスチックケースはバカみたいに大きく重かった。

ちっとは休ませてくれよ。なあ?

携帯電話の明るい画面に見入っていた私は、顔を上げた。防護盾を手に、警官が隊伍を組んで歩いてきていた。四列縦隊で。あっという間に、私は二列目と三列目のあいだに挟まれてしまった。そのうちの一人と目が合うと、相手は怒ったように、こちらへぬっと首を突き出してまた言った。

ちっとは休ませてくれよ。

恨みがましさと非難がありありと浮かぶ口ぶりだった。思わず立ち止まると、後ろのほうから苛立ち混じりの声が飛んできた。

おい、止まるな。とっとと歩けよ！

私みたいな人が他にもいるようだった。やがて、警官たちと並んで歩く格好になった。ぴかぴか光る安全ベストのせいで眩しかった。歩いても歩いても、警官はあとからあとから出てきて、そのうち自分は前進しているのではなく、どんどん後ろに流されているような気分になった。宗礼門《スンネムン》が見えたような気がしたのに、いつの間にかそれは姿を消し、彼方に、明るい市庁舎が人々の頭上にぷかぷか浮いているような錯覚を覚えた。

十字路に出てやっと、壁際に寄って立ち止まれた。ピンク色の照明を下げた屋台とフードトラックが立ち並ぶ場所。大漢門《テハンムン》のすぐ目の前だった。遠く、道路の真ん中に演壇が見える。一つじゃない。大きさと高さの異なる演壇が、一定の間隔で一列に並んでいた。いくつもの演説と、一緒くたになった音楽、レインコートを引っかぶった人たちの喚声のせいで、とてもじゃないが電話なんてかけられそうにない。

そばにある屋台に入った。足のあいだにケースを置き、熱々のオムク［練り物の一種］をひと串つまんだ。そこでメールを送るつもりだった。立ち止まってメールを送れそうな場所はそこしかなかった。熱々のオムクにかぶりつくたびに、たばこの煙まで一緒に入ってくる。そこらじゅうでたばこを吸っていた。人々はたばこを吸いながら、ビールも飲めば焼酎《ソジュ》も飲んだ。吸殻に混じって路上に投げ捨てられていた物の中には、マッコリのプラスチックボトルもある。秩序もルールもないその往来では、誰もが公平で平等に見えた。仲良く同じ帽子をかぶり同じTシャツを着た人々が、のほほんとした顔で酒を飲み、たばこを吸い、突拍子もなくスローガンを叫び、歌を歌った。まるで、集会ではなく、フェスティバルに参加しているかのような浮かれ具合だった。歌はどれも、集会とはおよそ関係なさそうだ。にもかかわらず、人々の表情にある意志のようなものをちらつかせ、彼らを再び演壇のほうへ呼び寄せて一つにする、奇妙な力を持っていた。

オムクをもうひと串食べ終わっても、彼から返事はなく、私はまた歩き始めた。ハンドルが今にも取れそうだったので、ケースをほとんど抱え込むようにして歩かねばならなかった。傘を差したりレインコートを着た人たちで、歩道は足の踏み場もない。路地や脇道は全て警察バスに塞がれていた。ともかく前進するしかなかった。先へ進むほどに、人々の密度は増していく。寄り添うように立っている人々の隙間から熱い何かがほとばしっているようで、落ち着かない気持ちになる。ちらほらと隙間のあった後方の雰囲気とは明らかに異っていた。

みんながみんな、火の粉に触れればたちまち燃え上がりそうなほどの緊張のただ中にいた。私はその合間を縫うようにして歩いた。なかなか道を空けてくれず、ぐいぐい割り込んでいくと、不快な顔をした。ケースを見下ろして、あきれたように舌打ちする人もいた。道はぬかるみ、足元が見えないせいで、濁った水たまりに何度も足を突っ込んだ。たちまち靴はびしょびしょになり、ズボンのすそがじっとり濡れた。

雨が降ったのかな。

空を見上げると、本当に雨が降っていた。だがそれは雨ではなく、遠くサーチライトの点いた高みから降り注いでいる水だった。離れているように見えたのに、髪が濡れ、たちまち寒気に襲われた。目がしょぼしょぼし、鼻の奥がピリピリしてくる。目鼻に沁みる、焦げたようなにおいが辺りに充満していた。私は片手で口を覆って歩いた。みんながマスクを付け、ジャンパーで顔を覆っている理由がわかった気がした。ケースに耳を当ててみると、興奮したような鳴き声が聞こえた。ケースの外へはみ出しているチョルスの足を無理やり押し込んで、辺りをうかがった。徐々に鼓動が速まっていく。早く、早く、どうにかしてここから抜け出さなきゃ。そして私は、これら一連の騒ぎとは無関係の人を探し始めた。その人に付いていけばここから抜け出せる、そう思ったからだ。

制服姿の学生たちを見つけて近づくと、いきなりチラシを突きつけられた。それは、路上を埋めつくすようにばら撒かれていた物だった。次に、犬を連れたカップルに付いて行ってみたものの、犬の服に貼られたデモ用のポスターに気づいて踵を返した。その後も同じようなことが続いた。何の関係もない人だろうと思って近寄ってみると、誰もが何かしらのかたちで、その現場で起きていることと関係していた。そうでないのは私だけだった。そんな気がした。やがて私は、プレスセンターのほうへ歩き出した。清渓川《チョンゲチョン》の入り口まで行って、裏の脇道が通れそうか確かめようと思ったのだ。そして清渓川の巨大な巻貝の塔の前で、その人に会った。

シャボン玉吹き。

とても小柄な人だった。それ以外は、年齢も、性別も、見当がつかなかった。仰々しい派手なメイクのせいだった。メイクというより仮装のレベルで、遠くから見ればピエロ、近くで見れば母親のメイク道具でいたずらした子どものように滑稽な姿だった。

イカれてんのかな。

いつだったか晴れ渡る空の日、一緒に歩いていた彼が言った。その人は、市庁前の座り込みデモをのぞき込んでいるところだった。その後も何度も、その辺りをぶらついているところに遭遇した。一日中そこで過ごしているようだった。私たちはもう少し近づいてみることにした。それはいささか勇気のいることだったけれど。三、四人のお年寄りがチラシの置かれたテーブルの向こうでインスタントラーメンを煮て食べていた。彼らは私たちに気づくと、いきなり署名を勧めてきた。不意の出来事に引き返そうとすると、そのうちの一人が横断幕を指して言った。

じゃあ何だ、あんたらは反対なの？　反対？

ものすごく怒っている顔だった。私はやっとのことで、反対しているわけじゃないとしどろもどろに伝えた。反対だとか賛成だとかそういう意味じゃない、そんなこと自体考えたことがないという意味だった。相手は違う取り方をしたようだ。そして彼に食ってかかった。

じゃああんたは？　反対なの？

数歩離れた所からこちらを見守っているシャボン玉吹きには目もくれなかった。その人を見に来たのに、とんだ人たちに絡まれてしまった。彼らはすかさず、何か長たらしい説明の支度にかかった。口元をごしごし拭くと、小冊子とチラシをいくつか手に取った。今にも長テーブルのこちらに出てきそうな勢いだった。いっそ署名してしまおうかとも思った。でも、彼らが作ったプラカードや横断幕、チラシをぐるりと見回した私は、そうしたくないとはっきり思った。かといってそれは、特に反対を意味するわけでもなかった。

そのとき、丸いシャボン玉が現れた。

最初は一つ、二つ、やがて大群で押し寄せた。少し離れて立っていたシャボン玉吹きが吹いているのだった。細い吹き棒の先から、透明なシャボン玉がどんどん生まれた。その人の首には、ちんまりしたシャボン液の入れ物が掛かっていた。インスタントラーメンを食べていたお年寄りたちが泡を弾きながら、あっちへ行けとその人を追い立てた。その人はぼんやりと、ぷかぷか遠ざかっていくシャボン玉を見つめるばかりだった。表情らしきものが読み取れそうな気がするのに、次の瞬間には仮装の陰に沈んですっかり見えなくなった。

何だろ?

引き返しながら私がつぶやき、彼が答えた。

アナーキー。

私が失笑をこぼすと、彼はさらにこう付け足した。いずれにせよ、あの人はあらゆるものからアナーキーなのだと。今やあの人を刺激しうるものは何もないと言うのだった。ひと言で言えば、イカれているということだ。

いいな。かっこいい。おばさん? おじさんかな? まあ、どっちにしろ。

一方で、私は彼から、お世辞にもそんな聞こえのいいせりふを聞いたことがなかった。いつだって何やかやと言い訳を付けて、自分の言うとおりに私を従わせたがった。今思えば、あのお年寄りたちと何ら変わらない気がした。幸い、彼から返事が来ていた。すでに数分前に届いていたらしい。メールは長文だったが、要するに景福宮《キョンボックン》の近くで待つ、という内容だった。とたんに私は焦り始め、新聞社のビルの裏へ回った。そして人々のあとに付いて、狭い路地に入った。

路地の先で立ちはだかっていたのは、ずらりと並ぶ警察バスだった。バスに遮られて、光化門《クァンファムン》広場も、向かいの教保《キョボ》ビルも見えなかった。誰かが大きくごつごつしたレンガをうず高く積んで、超えてはならないと警告しているかのようだった。明かりの消えた郵便局の前に、ちらほらと人影が見えた。人々は三、四人ずつ寄り集まって、バスとバスのあいだの微妙な隙間を見つめていた。ほとんどくっつかんばかりに停められている他の場所にくらべ、そこには隙間と呼べる空間があった。

出られないんだよ。道が塞がれてて。他のみんなはどこだ？　え、どこ？

大声で通話していた青年が、旗ざおをそばの人に渡して、車と車のあいだに体をねじ込んだ。むずかしそうだ、と思って見ていると、案の定体が挟まってしまったらしい。こちら側の三、四人が手を貸して引っ張ってやると、青年の体はやっとのことですぽんと抜けた。彼はあきらめなかった。しまいには這いつくばって車の下へ潜り込んだかと思うと、やがて見えなくなった。無事に抜けられたという合図のように、青年の声が向こう側から聞こえてきた。

おい、急げ！　早く来いってば！

一人が車の下に潜り、またもう一人潜っていった。いつ車が動き出すかも、向こうに何があるかもわからないのに、そんなことに構う様子もない。私には無理な話だった。チョルスがいたから。いや、チョルスが入ったケースがあったから。それなのに、彼らはやたらと私の顔色をうかがった。仲間がいるからとか、合流しなければならないからとか、何かしら自分が先に行かねばならない理由を付けて、私の返事を待つこともなく車の下へ潜った。

ケースを捨てれば。

チョルスを先に行かせてあとに付いていく？　首に紐を付けて一緒に這っていく？　かばんに入れて引きずっていく？　などと考えているうちに警官がやって来た。一人、二人、さらに三、四人やって来ると、その隙間の前に立ちはだかった。

どこも通れないんです。どこに行けばいいのかくらい教えてくれませんか。

警官は私と目も合わせない。返事もない。突っ立ってるだけじゃわからないじゃないか、どうして道を塞ぐのか、こんなの違法だ、そう怒鳴ってみても効果はなかった。人々が、あっちだ、こっちだ、と声を掛け合いながら行き先を決めて遠ざかっていくあいだ、私は呆然と辺りを見回すことしかできなかった。

ところでそれ、ネコ？　ずいぶんでかいね。

誰かに言われたようだったが、振り向いてみると、警官は相変わらずぼんやりした目で遠くを見つめている。

光化門の十字路には行かないほうがよさそうだった。大きく眩しい光が瞬き、透明な水柱が激しくほとばしるのが見えた。人々の喚き声と警告のアナウンスが力比べをするように、暗い空中をぎっしりと埋めている。

私は鐘閣《チョンガク》方面へ歩き始めた。鐘路《チョンノ》三街まで行き、そこから地下鉄で景福宮駅まで行くつもりだった。同じ路線だし、ふた駅の距離だから時間はかからないはずだ。普信閣《ポシンガク》が見渡せる場所から、もう一度彼にメールを送った。デモ集会のせいで少し遅れそうだと。

何はともあれ、歩くほどに人は減っていった。いつの間にか、道を塞ぐ警官も、警察バスも見えなくなった。人々は大きな群れから抜け、小さな群れをつくりながら四方に散っていくところだった。解散ムードと言っていいだろう。だが、またも空気が変わった。鐘路二街の十字路を前にしたときのことだ。サイレンが聞こえ、一台の救急車の周りに人だかりができているのが見えた。差し迫ったサイレン音とは裏腹に、救急車は人だかりをどうにか押しのけながら、のろのろと進んでいた。

警察のバイクが一台、木っ端微塵になって転がっていることに、あとから気づいた。

転ぶ、転ぶ、転ぶよ。

その声がなければ、誰かの足につまずいて転んでいたはずだ。誰だろうと思って見ると、シャボン玉吹きだった。私は二、三歩後ずさりしながら小さく言った。

どうも。

言ってから後悔した。その人はケースを見下ろして、はにかみながら手を振った。それに応えるようにチョルスが鳴いたため、私はさっと踵を返した。そして、歩を速めた。背後から人々の高声が付いてきた。怒った声、驚く声、助けを求める声が辺りに漂っている。同じ方向へ歩いていた人々が一人、また一人と足を止め、声のするほうを振り返った。そして体ごと振り返ると、そちらへ駆け出した。何かあったようだ。

私はさらに歩を速めた。これ以上遅らせるのはいやだった。何とかしてチョルスを渡し、さっさと帰宅すること、私の望みはそれだけだった。普段ならバスで五分の距離をこんなに遠回りしなければならないこの状況が、考えれば考えるほどバカらしかった。それも、徒歩では行くことさえできず、いったん遠く離れた駅まで行って地下鉄に乗らなきゃならないなんて。濡れたつま先が冷たかった。喉がイガイガし、咳が出そうだった。

地下鉄駅への階段を下りながら、彼から届いたメールを確認した。どこ？ という短いものだったが、どことなく苛立ちが感じられた。私は、今地下鉄駅に着いたからもう少しだけ待っていてくれと返事を送った。続けてもう一つ。とにかく十分以内には到着すると。

十分などあっという間だった。改札口まで来るのに十分かかった。階段が終わる所から改札口まで続く人波のせいで、私は少し歩いては立ち止まりながら、一斉に動く人混みにもてあそばれた。背筋を汗が伝い始めた。顔がほてり、鼻水が出た。私は鼻水をすすることしかできなかった。前後左右をぴったり取り囲まれていて、手も動かせなかったからだ。やがて改札口の前でパンッという音がし、チョルスの鳴き声が空を切り裂いた。

ハンドルが取れ、プラスチックのケースが真っ二つに割れたのだ。

秩序も順序もなければ、配慮などなおさらなかった。客車が滑り込んできてドアが開くと、人々は連れの手やバッグ、体を抱え、塊となって動いた。塊は至る所でどんどん膨らみ、容赦なく突進してくる。何とかして割り込もうとすると、どこからともなく手が現れて、仲間を引き寄せた。私を取り囲むようにして、四方からほとんど脅すような声で、同僚や友人や家族の名前を呼び続けるのだった。

そんなふうに、四本の地下鉄を見送った。五本目の列車が来るというアナウンスが流れ、辺りを見回すと、私と、私のジャンパーの中から顔をのぞかせているチョルス、木魚を手にしたお坊さんと、シャボン玉吹きがいた。一人でいるのは、私を入れたその三人が全てだった。人混みが絶えたわけではなかったため、客車のドアが閉まる直前でやっと乗れた。乗ってみると、前後にお坊さんとシャボン玉吹きがいた。体はほとんど密着している。どうにか向きを変えようとしてみたが、すぐにあきらめた。私はドアにおでこをくっつけて目を閉じた。チョルスの爪がシャツを突き抜けて首筋を引っかくのがわかったが、放っておいた。どうせ手は動かせない。肩と腕がちぎれそうに痛かった。

景福宮も事情は変わらなかった。問題は改札口を抜けてからだった。私はいつも使っている出口のほうへ足を運んだ。あちこちに人が立っていて、壁にもたれて座り込んでいる人も見えたが、さほど気にしていなかった。誰かを待っているのだろう、私とは関係ない理由や用事でもあるのだろうと思った。出口が塞がっているとわかったのは、動かないエスカレーターをもう少しで上り終えるというときだった。

そこに、盾を手にした警官が壁をつくっていた。

一段下で警官に抗議していた何人かが下りていった。その次の段にいた人たちが似たような抗議をし、その下の段にいた人たちが声を上げた。そんなふうにして、私も警官の前に立った。そして、ほとんど頼み込むようにして言った。

家に帰るところなんです。

ジャンパーの中でチョルスがもぞもぞ動き、しきりに飛び出そうとする。警官は面白いものを見つけたように私のジャンパーを見下ろしつつも、目を合わせようとはしない。返事もない。

本当に、家に帰るところなんです。

私の声はもう少し大きくなった。ジャンパーからこぼれた柔らかく細い毛が唇に張り付く。手すりの所から無線機を手にじっとこちらを見下ろしていた男性が、うざったそうにつぶやいた。

引き返してください。ここは十一時まで通れません。

あと二時間ここにいろということだ。

どうしてダメなんですか？

こっちにも情報は入ってるんです。この地域での集会は届け出てないでしょう？　どっからどう見ても違法なんです、違法。

違法だろうが合法だろうが自分とは何も関係ない、と私は言った。相手はふるふると首を振ると、そっぽを向いてしまった。ずっと首を反らせて相手を見上げていなければならない状況が、無性に腹立たしかった。何より、他の人たち同様、私にまで疑心と不信のまなざしが向けられていることに納得がいかなかった。悔しさが募ったが、それはたちまち怒りや敵意といった、固く熱い感情に取って代わった。

何かしようってわけじゃありません。家がこの近所なんです！

下りてください。危険です。

警官たちが威嚇するように、盾で人々を押しやり始めた。すると背後からたくましい青年が数人上ってきて、全身で盾を押し返し始めた。揉み合いが始まり、乱暴な言葉が盾にぶつかってははね返った。私は数段下へ退いて、青年たちの帽子やTシャツ、かばんに突っ込まれたレインコートやビラを見上げていたが、あきらめて階段を下りた。エスカレーターの周りには人だかりができ、その円はどんどん大きくなっていった。

別の出口へ向かいながら、彼に電話をかけた。呼び出し音が鳴り続け、やっと電話に出た彼はいきなり怒鳴った。

ひと晩中待たせるつもりかよ？

こっちも気分は最悪だった。地下鉄の出口が塞がれてるのよ、と私は言った。それから、警官が立ちはだかってて通してくれなくて、と言い添えた。

通してくれない？　何で警官がお前を止めるんだよ？

そんなの私の知ったことじゃない。彼は何か言おうとしてやめ、抑えた声で言った。

じゃあそこで言えよ。話があるんだろ。電話で話せよ。

これ以上待ってくれとはさすがに言えず、私は辺りを見回した。静かに話せそうな場所を見つけたかったのだ。駅舎内の、閉まっている小さなカフェの前には、人々が集まってしゃがんでいる。トイレの前も状況は同じ。エスカレーター周辺は言うまでもなく、小さなベンチは、席が空けば座ろうという人たちに取り巻かれていた。

チョルスのことだけど。もう連れて帰って。

私はジャンパーのジッパーを首元まで閉めながら小声で言った。ジャンパーの中で、熱くずっしりしたものがうごめいた。汗が胸を伝った。最初は三カ月って話だったのに、もう半年になるじゃないの、と私は質した。そう言い置いてから、これ以上は無理だときっぱり言った。人々が突然歌い出したおかげで、後半はほとんど叫ぶような声になった。

無茶言うなよ。マジで言ってんのかよ？

彼はそう詰め寄ったが、にわかに声色を変えてこう提案した。

じゃああと二カ月だけ。いや、一カ月でいい。もう少し金を送っとくから。

こっちの話など聞いていないらしい。私は同じ言葉をくり返し、彼もまた引き下がる気配はなかった。長いやりとりの挙げ句、連れていかないならもう知らないよ、と私は言った。口にしてみると、ずっとそう考えていたような気がした。余計なことを言ってしまった。

知らないって。知らないって何だよ。そんなふうに人を脅して楽しいか？　じゃあ金額を言えよ。いくらでも送るから。いきなりそんなこと言われても、こっちだって困るだろ。俺にも時間をくれよ。

半泣きになっているのか、あとの言葉はよく聞こえなかった。私は、あんたっていつもそう、いつだって自分のことしか考えてなくて、不利になると泣き落としにかかる、責任だとか義務だとか良心なんてものはまるきりない、正真正銘の卑怯者だと叫んだ。興奮しすぎて、最後のほうは自分でも何を言っているのかわからなかった。

私の言葉を聞くが早いか、彼は落ち着いた声で言った。

そうだな、そのとおりだ。お前の言うとおりだよ。金は今すぐ送るから。

無線機の男が言ったとおり、出口は全て塞がれていた。身分証まで見せて、すぐそこが家なのだと頼み込んでも無駄だった。他の人たちのように、一つひとつの階段を上っては下りながら、警察の決めた二時間をゆっくりとつぶすことぐらいしかできなかった。するとそのとき、ひと塊の人々ががばっと立ち上がって、ある方向に走り始めた。商店街へ抜ける出口のほうだった。

そこに着いてみてようやく、出遅れたことに気づいた。すでにけっこうな数の人々が抜け出しており、あとに続こうとする人々を押さえ込むために数十人の警官が集まっていた。人々は盾をつかんで揺さぶりながら、本格的に揉み合いを始めた。どういうわけか、私も人混みにまぎれてやむなく加勢することになった。同じように声を上げ、体重をかけて前の人を押した。どうにかして出たかった。疲れ果て、喉が渇いていた。胃がむかむかし、熱もあるようだった。そのうえ、すでにへとへとになっていていいはずのチョルスは一向におとなしくならず、足蹴りを続けていた。

ここから先、後退しない場合は連行します。

人々がドミノのようにばたばたと倒れてやっと、嵐は収まった。気づいたときには、私の足首は前の人のお尻に敷かれていた。そして私は、後ろの人の太ももに乗っかっている状態だった。突然ジャンパーの中が寂しくなったと思ったら、白く肥えたお尻が人混みを抜け出していくのが見えた。チョルスだった。何だか、透明な丸い保護膜に包まれて、遠い彼方へ流れていくように見えた。急いで体を起こしたときには、すでに視界から消えていた。目の前の物がでこぼこして見え、微かに重なったかと思うと、ふっと鮮明になった。

シャボン玉だった。

少しばかり離れた所で、その人はシャボン玉を吹いていた。駅舎内で起こっていることとは無縁の人のように、二時間だろうと十時間だろうと、はたまた一日中閉じ込められることになったとしても、何ら関係なさそうな無心の顔。近づいていくと、今度は私の顔目がけてシャボン玉を吹いた。丸いシャボン玉が顔にぶつかって、ポンポンと弾けた。

あの、それ、やめてもらえますか。シャボン玉、吹かないでください。ところで、ネコを見ませんでしたか？　ネコです。ここを通っていったでしょ？　あっちのほうへ。

私はその人に詰め寄った。そんなつもりはなかったのに、話しているうちにそうなった。その人は吹き棒をガジガジ噛みながら、じっと床に目を落としていた。どことなく笑われているような気がして、嫌な気分になった。ずっと見られていたような気がする、とでも言おうか。それが何であれ、全てお見通しだとでも言いたげな表情に苛立ち、腹が立った。その人は、私が背を向けるなり、またもシャボン玉を吹き始めた。シャボン玉が私のあとを付いてきて、ふくらはぎの辺りを下へ沈んでいくのが見えた。

私は駅舎の中を歩き回った。チョルスがいそうな場所を探して。チョルスの名前を大声で呼びながら同じ所をぐるぐる回っていても、何事かと尋ねてくる人はいない。訊かれたとして、答えにも困る。こんなときにネコを捜しているなんて。だから、初めから助けなど期待していなかった。警察は警察で、そうでない人々はそうでない人々で、あまり頼れそうには思えなかった。

やがて人々が出ていき、駅舎が徐々に空いていくあいだも、私はそこに留まっていた。いくら待っても、チョルスは戻ってこなかった。初めは、暗く寒いこの駅舎のどこかで震え上がっているのではないかと思った。でもだんだんと、どうにかここから抜け出したのだろうと思い、誰かがチョルスを連れていったのかも知れないとまで思った。立ち上がったのは、終電の直前だった。

彼が送ると言っていたお金は本当に振り込まれていた。それも予想以上の金額が。私はその数字にじっと見入っていたが、けっきょく何の返事も送れないまま、気絶するように眠った。翌日の午後、知らぬ間に和解を求めるようなメールが届いていた。

うまくやってるよ。チョルスもお前も。

私は路上にいた。そこらじゅう人だらけだった昨日の夜が嘘のように、通りはしんと静まり返っている。私は脇にチラシの束を挟んで、携帯をじっと見下ろしていた。風が吹くたび、チラシの束が激しくなびいた。そうしているあいだも、しかるべき言葉は見つからなかった。頭の中には、アナーキーなチョルス、シャボン玉のチョルス、といったおかしな組み合わせの単語ばかりがぷかぷか浮かんでいた。けっきょく、形ばかりの短い返事を送った。

市庁の裏の小さな素麺屋と掲示板のある大きなカフェの二カ所以外は、どこもチラシを貼るのを断られたため、私は電柱や塀、バス停、自販機なんかに目を付けた。テープをちょうどいい長さで切ってチラシを貼り、そそくさとその場を離れるのだった。そして、十字架の形をしただだっ広い横断歩道の前に立つその人を見つけた。

細長い電柱の前で顔を上げている姿は、私が張ったチラシを見ているに違いなかった。そこには彼が記憶している、小さくか弱いチョルスの姿と基本情報、彼の電話番号があった。スリムになったチョルスを見つけた誰かが彼に連絡し、ようやくチョルスが飼い主のもとへ帰れるよう、私が手作りしたものだ。それなのに信号が変わるなり、私は逃げるように歩を速めた。ふと振り返ると、あの人がこちらを見ていた。いや、その人が吹く丸いシャボン玉がふわふわと、私のあとを付いてきていた。

著者あとがき

小説を何度も読み返すうち、小説はひとりでに生まれ出来上がるものではないのだと思った。それを抱き、温め、解きほどく自分の力不足を感じた。にもかかわらず、私を、または小説を、小説をしたためる私を見守ってくれる人がいるというのは本当にありがたいことだと思った。

激励の言葉を書いてくださったキム・ヘギョン先生にお礼を申し上げる。常に書くことを楽しめという先生のアドバイスは、なぜか書けば書くほどむずかしくなるような気がする。解説を書いてくださった評論家のノ・テフン氏（韓国語版にのみ掲載）、ミヌム社編集部の惜しみないアドバイスにも感謝を伝えたい。

両親にも感謝の言葉を贈りたいと思う。物を書くという仕事は、両親にとってはいまだに抽象的で不安定なものであるがゆえ、心配ばかりかけていることは重々承知だ。今さらながら、それを理解し受け止めようと心を砕いてくれる二人の気持ちを振り返ってみる。
大山《テサン》文化財団とホテルプリンスにも、ここに謝意を表したい。

キム・ヘジン

訳者あとがき

他者への視線を鋭い言葉と緊張感あふれるタッチで描写してきた作家キム・ヘジン。彼女は一九八三年、韓国大邱《テグ》に生まれた。嶺南《ヨンナム》大学国語国文科を卒業後、小説を書くためにソウル芸術大学文芸創作科に入り二〇〇八年に卒業した後、二〇一二年に東亜日報の文芸誌「新春文芸」において、短編小説「チキン・ラン」が当選し文壇デビューを果たす。二〇一三年、『中央駅』で第五回中央長編文学賞を受賞し、二〇一六年、表題作「オビー」が「今年の問題小説」（現代文学の専門研究者団体である韓国現代小説学会が選出）に選ばれる。二〇一八年には『娘について』で第三十六回申東曄《シンドンヨプ》文学賞を受賞。この作品は同年十二月に邦訳書が出版され（古川綾子訳、亜紀書房）、二〇一九年には『中央駅』も邦訳出版された（生田美保訳、彩流社）。そしてこのたびようやく、彼女の作品の原型ともいえる本書『オビー』が出版されるに至ったことを嬉しく思う。

キム・ヘジンの作品は、簡潔な文体と淡々とした描写が印象的だ。そのために、登場人物たちは作中でよりリアルに浮かび上がる。著者は雇用問題や公権力の濫用、集会やデモといった社会現象に関心を持ち、それを身近な問題として受け止めたうえで、その苦悩を解決しようとするのではなく、ありのままを文章にして伝えようとする。そう試みる彼女の作品は、ごくありふれた日常の中で誰もが一度は経験しそうな、または経験したことがありそうな出来事が、登場人物を通して生き生きと描き出されているのだ。

そこには偽りや誇張などない。無関係だと傍観するのでもなく、かといって、たやすく同情したり哀れんだりするわけでもない。昔ながらのスタイルでありながら、力むことなく、少し離れたところから現実をしかと見つめ、一貫した態度で小説をしたためている。そのため、近年ではなかなか見られないタイプの作品を世に送り出す作家と言われているが、技巧にこだわらない飾り気のない文章は、読めば読むほどに味わいが増し、現代社会やそこに生きる人々の立場をあらゆる角度から考えさせてくれる。

『オビー』は、デビュー後の四年間に発表された九つの短編を一冊にまとめた、キム・ヘジン初の短編集である。デビュー作である「チキン・ラン」をはじめ、二〇一六年に「今年の問題小説」の一つにも選ばれた「オビー」、ハンギョレ出版社の文学ウェブマガジンで連載されていた「真夜中の山道」、ハンギョレ新聞で連載されていた「ドア・オブ・ワワ」などが収録されている。

そこに登場するのは、フライドチキンの配達人や日雇い労働者、露天商や大学生など、もしかしたらどこかで偶然すれ違ったことがあるかもしれない、私たちの周りにごく普通に暮らしていそうな人物たちだ。彼らは、それぞれが常に「何か」をしている。彼らにとってはそれが世界の中心であり全てであるのに、ことあるごとに他人から「何をしているのか?」と訊かれ、「何をしてるんだろう」と自問自答する。彼らは答えを見つけ出そうと、また、自分の置かれた状況から抜け出そうともがき苦しむが、他者からすれば、それは目の端にも留まらないちっぽけな人生に過ぎず、読み手の心をもどかしくさせる。

著者自身、二〇一二年に「チキン・ラン」で「新春文芸」当選の知らせを受けた当時は、定職にもつかず執筆活動を続けていたころで、やりどころのない焦りや不安を抱えていたと言う。大学を卒業してから文壇デビューを果たすまでの四、五年のあいだ、子ども向けの本の出版社での校正校閲、ピザ屋やファストフード店、はたまたエキストラなど、様々なアルバイトを経験した。両親からはすぐにでも田舎に戻ってこいと言われていたというから、この作品には、彼女自身が二十代後半に味わった苦しい日々が投影されているのかもしれない。

ちなみに、あるインタビュー記事では、当時新聞に掲載された当選発表を見た母親に、チキンの配達アルバイトもやっていたのかと訊かれたというエピソードも公表している。

「チキン・ラン」は、死そのものをテーマにしたというより、死を選ばざるをえない現実をテーマにした物語と言えるだろう。死ぬのは嫌だが、死んだほうがマシだと思うほど生活に苦しんでいる人たちの話だ。夢も希望もないこの世とおさらばしたいと思い自殺をしたがっている男と、それに手を貸すことでわずかな代償を得たいチキン配達員の悲しくも笑えるストーリーは、失恋、バイト、自殺、お金などがモチーフになっており、今を生きる若者なら誰もが少なからず共感できるのではないかと思う。日本でもフリーターやニートが社会問題になって久しいが、この作品は貧困といった、世界に共通する現実をリアルに映し出している。

一人のしがないチキン配達員を主人公に、様々な社会問題を身近な風景に巧みに盛り込み、読者の前に立体的に広げてみせる手法は、まさにキム・ヘジンならではと言えるだろう。一見悲惨な現実をコミカルに描いたこの作品がキム・ヘジンのデビュー作だが、その後の作品でも彼女の執筆活動に対する姿勢は一貫している。「常に真摯に、現実と向き合う」のだ。

表題作の「オビー」にも、真摯に働こうとする人物たちが登場する。話者が「オビー」と呼ぶバイト先の同僚は、職場の誰とも交わろうとせず、話すことなどないと言う。彼女は一生懸命働きたいだけなのだが、周りはそれを許さない。仕事をするには、それに付随する人間関係をもうまく保てというプレッシャーと、何かにつけ自分に向けられる疑惑の中で、オビーは耐え切れず職を変える。一方で話者は、周囲に合わせ、こびへつらいながらでも定職に就きたいと思うが、オビーの思わぬ転身に驚きながらも、この世の中を、自分自身を振り返る。何が正しいのか、誰が正しいのか。正しいことをすれば報われるのか、それなら、正しいことをして報われた人は一体どこに消えてしまったのか。

「アウト・フォーカス」は、二十年働いた会社から突然リストラされた母親を息子の視点で描いた作品だ。タイミングの悪いことに、リストラの問題に加えて、祖母の墓の移転問題まで持ちあがる。職場での自分の「居場所」を守り続けるために奮闘する母親の姿はある意味こっけいにも映るが、本人は至って大真面目だ。なりふり構わぬ母親の行動は、不条理な世の中を耐え忍ぶもっともまっとうな方法の一つを提示してくれている。

長年働いた会社から突然解雇を言い渡されたとき、自分ならどうするだろうか。多くの人はきっと、闘うことを諦めて投げ出してしまうだろう。そのほうが簡単だし、恥ずかしい思いやみじめな思いをしなくても済むからだ。でもこの物語の母親は、それまでと同じように自分の居場所を守り続けようと決心する。逃げ出さず、格好悪くても闘うことを選んだその、いつの時代かではきっと当たり前だっただろう勇気に、今改めて心を揺さぶられる。

「真夜中の山道」は、ハンギョレ出版社が運営するウェブマガジンで、「歴史的な事件や人物」をテーマに一年あまりのあいだ連載されていた作品の一つである。キム・ヘジンをはじめ、「宣陵散策」のチョン・ヨンジュンや『ディディの傘』などの邦訳があるファン・ジョンウンなど十三人の作品をまとめた短編集『真夜中の山道』としても出版されている。

再開発が進む地域の強制撤去部隊として雇われた四番と五番。一方、ろう城闘争を決起した人たちの側に、アルバイトの市民運動家として参加している女。この三人はそれぞれの事情からこの闘争にかかわっており、暴力行使も仕事だから仕方ないと割り切っている。自分の意思ではない、自分は悪くないと、自らを正当化して。

この作品を読んで思い浮かんだのは、二〇〇九年一月二十日にソウルの龍山《ヨンサン》再開発地区で起きたある事件だ。撤去を担う建設会社による嫌がらせや妨害行為に抵抗し続ける住民ら三十人が、前日の十九日に撤去が強行されるや、立ち退きに反対して五階建ての建物内にろう城した。するど翌日の二十日未明、建物の周辺を千三百人の警察が取り囲む中、警察特攻隊四十人がビルの屋上に突入した。それと同時に激しい火の手が上がり、ろう城していた住民のうちの五人と警察特攻隊一人が焼死するという惨事が起きた。事件をめぐっては、警察側の強引な鎮圧行為がこのような惨事をもたらしたという報道もあり、当時大統領だった李明博《イミョンバク》氏に対する批判の声も多く聞かれた。

「真夜中の山道」では、右のような事件そのものではなく、そこに登場する人物に焦点を当てて、彼らがそれぞれの仕事を懸命にこなしているにすぎない姿を淡々と描いていく。著者は彼らの行為について判断を下したり善悪をつけるのではなく、登場人物一人ひとりの生そのものを描き出しているのだ。

「ドア・オブ・ワワ」は言葉にまつわるエピソードが多く、スランプを抱えて筆が進まないでいる人物が語り手ということもあって、何かしらのかたちで書くことに従事している人なら、なおさら興味深く読める作品ではないだろうか。話者とワワは、母国語が異なるためにつたない英語で話さなければならない。二人の共通点は、自分のことを話そうとしても、本論の周りをぐるぐる回ることに終始することだ。違うのは、話者は話したいこととは別のことばかり話してしまうこと（のちには嘘さえつく）、ワワは話したくても話せないという点だ。つまり、過去との向き合い方、自分との向き合い方において、二人の姿勢はまったく異なる。そういった点で、話者はエレベーターのドアをくぐったあとにワワを見失ったように、最初からワワという人間を見失っていたのかもしれない。

その他にも、この作品集には、一カ所に立ち止まったままだったり、同じ場所をぐるぐる回っている人たちが多く登場する。自分の思いに反して立ち止まっている者もいれば、不可抗力によって動けない者もいる。現実の壁にぶつかり、多くはその状況をどう受け止めるかなど考える暇もなく、否応なく大きな波に押し流されるか、取り残されるしかない。

『ラン・ローラ・ラン』という映画があった。恋人の命を救うため、主人公のローラは二十分以内に大金を用意して届けなければならない。三通りの結末に向かって、ローラはとにかく必死でベルリンの街を駆け巡る。

では、「チキン・ラン」をはじめ、この作品集に登場する人物たちはどうか。彼らもやはり、懸命に自分の人生をひた走っている。ただ、ローラには目的があり、いつまで走ればいいのかがわかっている反面、集中の彼らは目標を探したり、目標を立て直すことから始めなければならない。さらに、そんな状態がいつまで続くかもわからないのだから、まるでヘビの生殺しだ。

だが、著者は決して彼らを急かしたりはしない。私たちの人生には、映画のような結末などありえないからだ。その代わり、ぐるぐる回っているようであっても、ひょっとするとその円は、少しずつ少しずつ大きくなっているのではないか、決してまっすぐな道を進むことはできなくても、その円の中で私たちは少しずつ豊かになっていけるのではないか、そんな希望を心の片隅に抱かせてくれる。

本書は、「オビー」「広場近く」「ドア・オブ・ワワ」「シャボン玉吹き」をカン・バンファが翻訳、「アウトフォーカス」「真夜中の山道」「チキン・ラン」「カンフー・ファイティング」「なわとび」をユン・ブンミが翻訳、カン・バンファが監修した。

二〇二〇年初秋

カン・バンファ
ユン・ブンミ

収録作品初出誌

オビー「21世紀文学」2015年秋号
アウトフォーカス「文章ウェブジン」2012年6月号
真夜中の山道「ハンギョレウェブジン」2013年6月号
チキン・ラン「東亜日報」2012年
カンフー・ファイティング「文学たち」2013年夏号
広場近く「世界の文学」2015年春号
なわとび「現代文学」2012年4月号
ドア・オブ・ワワ「ハンギョレウェブジン」2015年2月号
シャボン玉吹き「文章ウェブジン」2016年2月号

■著者プロフィール

キム・ヘジン（金恵珍／김혜진）

1983年大邱生まれ。2012年、東亜日報の新春文芸に短編「チキン・ラン」が当選しデビュー。2013年、『中央駅』が第5回中央長編文学賞を受賞、2016年、表題作「オビー」が「今年の問題小説」に選ばれる。2018年、『娘について』で第36回申東曄《シンドンヨプ》文学賞を受賞。

■訳者プロフィール

カン・バンファ（姜芳華）

岡山県倉敷市生まれ。岡山商科大学法律学科、梨花女子大学通訳翻訳大学院卒、高麗大学文芸創作科博士課程修了。大学や教育機関、韓国文学翻訳院などで教える。韓国文学翻訳院翻訳新人賞受賞。日訳書にチョン・ユジョン『七年の夜』『種の起源』、ピョン・ヘヨン『ホール』、ペク・スリン『惨憺たる光』など。韓訳書に児童書多数。

ユン・ブンミ（尹朋美）

島根県生まれ。1996年韓国外国語大学ロシア語科卒業後、日本語講師として働くかたわら翻訳の仕事も手掛ける。韓国文学翻訳院翻訳アカデミー特別課程を修了、同院アトリエ10、11期生。『オビー』(カン・バンファとの共訳)が初の訳書となる。

Woman's Best 12 韓国女性文学シリーズ 9
オビー 어비

2020 年 11 月 30 日 第 1 刷発行

著 者 キム・ヘジン
翻訳者 カン・バンファ、ユン・ブンミ
発行者 田島安江
発行所 株式会社 書肆侃侃房（しょしかんかんぼう）
〒 810-0041 福岡市中央区大名 2-8-18-501
TEL 092-735-2802 FAX 092-735-2792
http://www.kankanbou.com
info@kankanbou.com

編 集 田島安江／池田雪
DTP 黒木留実
印刷・製本 シナノ書籍印刷株式会社

©Kim Hye-jin, Kang Bang-hwa, Yoon Bung-mi 2020 Printed in Japan
ISBN978-4-86385-433-8 C0097

落丁・乱丁本は送料小社負担にてお取り替え致します。
本書の一部または全部の複写（コピー）・複製・転訳載および磁気などの
記録媒体への入力などは、著作権法上での例外を除き、禁じます。

韓国女性文学シリーズ①

『アンニョン、エレナ』안녕, 엘레나

キム・インスク／著　和田景子／訳

四六判／並製／240ページ／定価: 本体1600円＋税
ISBN978-4-86385-233-4

**韓国で最も権威ある文学賞、李箱文学賞など数々の賞に輝く
キム・インスクの日本初出版**

遠洋漁船に乗っていた父から港、港にエレナという子どもがいると聞かされた主人公は、その子らの人生が気になり旅に出る友人に自分の姉妹を探してくれるように頼む「アンニョン、エレナ」。生涯自分の取り分を得ることができなかった双子の兄と、何も望むことなく誰の妻になることもなく一人で生きる妹。その間ですべての幸せを手にしたかに見えながらも揺れ動く心情を抱えて生きる女性の物語「ある晴れやかな日の午後に」のほか珠玉の短編、７作品。

韓国女性文学シリーズ②

『優しい嘘』우아한 거짓말

キム・リョリョン／著　キム・ナヒョン／訳

四六判／並製／264ページ／定価: 本体1600円＋税
ISBN978-4-86385-266-2

**一人の少女の死が、残された者たちに
残した優しい嘘。ラストーページ、
静かな悲しみに包まれる。**

「明日を迎えるはずだったチョンジが、今日、死んだ。」とつぜん命を絶った妹チョンジ。遺された母ヒョンスクと姉のマンジ。なぜ素直でいい子だったチョンジが自殺という決断をしたのかふたりは途方に暮れる。死の真相を探るうちに、妹の心の闇を知ることになる。韓国で80万部のベストセラーとなり映画も大ヒットの『ワンドゥギ』につづく映画化2作目。

韓国の現代《いま》を生きる女性たちは、どんな時代を生き、どんな思いで暮らしているのでしょうか。女性作家の文学を通して、韓国の光と闇を照射するシリーズです。

韓国女性文学シリーズ③

『七年の夜』7년의 밤

チョン・ユジョン／著　カン・バンファ／訳

四六判／並製／560ページ／定価: 本体2200円＋税
ISBN978-4-86385-283-9

ぼくは自分の父親の死刑執行人である――韓国のスティーブン・キングと呼ばれる作家の傑作ミステリー

死刑囚の息子として社会から疎外されるソウォン。その息子を救うために父は自分の命をかける――人間の本質は「悪」なのか？　２年間を費やして執筆され、韓国では50万部を超えるミステリーがついに日本上陸。「王になった男」のチュ・チャンミン監督に、リュ・スンリョンとチャン・ドンゴンのダブル主演で映画化された。

韓国女性文学シリーズ④

『春の宵』안녕 주정뱅이

クォン・ヨソン／著　橋本智保／訳

四六判／並製／248ページ／定価: 本体1800円＋税
ISBN978-4-86385-317-1

苦悩や悲しみが癒されるわけでもないのに酒を飲まずにいられない人々。切ないまでの愛と絶望を綴る。

生きる希望を失った主人公が、しだいにアルコールに依存し、自らを破滅に追い込む「春の宵」。別れた恋人の姉と酒を飲みながら、彼のその後を知ることになる「カメラ」。アルコール依存症の新人作家と、視力を失いつつある元翻訳家が出会う「逆光」など、韓国文学の今に迫る短編集。初邦訳。

韓国女性文学シリーズ⑤

『ホール』홀

ピョン・ヘヨン／著　カン・バンファ／訳

四六判／並製／200ページ／定価: 本体1600円＋税
ISBN978-4-86385-343-0

アメリカの文学賞、シャーリイ・ジャクスン賞2017、
韓国の小説家で初の長編部門受賞作

交通事故により、病院でめざめたオギを待っていたのは、混乱・絶望・諦め……。不安と恐怖の中で、オギはいやおうなく過去を一つひとつ検証していくことになる。それとともに事故へ至る軌跡が少しずつ読者に明かされていくのだが。わずかに残された希望の光が見えたとき、オギは——。映画「ミザリー」を彷彿とさせる息もつかせぬ傑作ミステリー。

韓国女性文学シリーズ⑥

『惨憺たる光』참담한 빛

ペク・スリン／著　カン・バンファ／訳

四六判／並製／280ページ／定価: 本体1800円＋税
ISBN978-4-86385-367-6

光と闇、生と死。心は彷徨いながら
揺れ動く。初邦訳作家の十の短編。

光は闇の中でのみ煌めくという。
苦しみが癒えることはなく、孤独を抱え、それでも、日々、生きていかなければならない。
心のよるべなさを丁寧に掬いあげた初邦訳作家の短編集。

韓国女性文学シリーズ⑦

『四隣人の食卓』네 이웃의 식탁

ク・ビョンモ／著　小山内園子／訳

四六判／並製／200ページ／定価: 本体1600円＋税
ISBN978-4-86385-382-9

ようこそ！　夢未来実験共同住宅へ

都心にギリギリ通勤圏内。他のコミュニティから隔絶された山あいに国家が建設したのは、少子化対策の切り札となる集合住宅だった。「入居10年以内に子供を3人もうける」というミッションをクリアすべく入居したのは、4組の夫婦。やがて、お仕着せの“共同体”は少しずつ軋みはじめる――。
奇抜な設定で、「共同保育」「家事労働」「労働格差」など韓国社会のホットで深刻な現実を描き出していると話題を呼んだ2018年韓国日報文学賞候補作。

韓国女性文学シリーズ⑧

『第九の波』아홉번째 파도

チェ・ウンミ／著　橋本智保／訳

四六判／並製／384ページ／定価: 本体1900円＋税
ISBN978-4-86385-417-8

**原発の誘致に揺れる町
三人の男女の行方は**

石灰鉱山にまつわる謎の死、カルト宗教団、原子力発電所の誘致をめぐる対立などが混在し、欲望が渦巻く陟州で、翻弄される3人の男女の恋愛を描く。2012年、江原道にある町で実際に起こった事件をモチーフにした、社会派×恋愛×ミステリーの長編小説。

韓国文学源流シリーズ、
短編選をスタート。

古典的作品から現代まで、その時代を代表する
短編の名作をセレクトし、韓国文学の源流を
俯瞰できる全10巻

韓国文学の源流　短編選3　1939-1945

『失花』실화

李箱、李孝石、蔡萬植、金南天、李無影、池河蓮／著
オ・ファスン、岡裕美、カン・バンファ／訳

モダニズム作家、李箱の遺稿で、死後に発表された「失花」。妻の死後、中国を旅し、華やかな都会の中の孤独をアイロニーをこめて描いた「ハルビン」。日本にいられなくなり新しい生活を求めてやってきた澄子と、雑誌社に勤めながら小説を書く作家との愛の逃避行「冷凍魚」。思想犯として投獄された男に本を差し入れ、一時釈放を待つ女を待ち受ける厳しい現実を描いた「経営」など、当時を代表する作家たちが綴る名作6編。

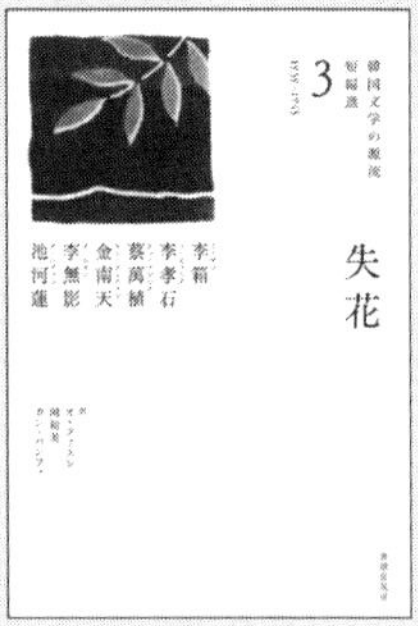

四六判／上製／352ページ
定価：本体2,400円＋税
ISBN978-4-86385-418-5

韓国文学源流シリーズ長編

『驟雨』취우

廉想渉（ヨム・サンソプ）／著　白川豊／訳

四六判／上製／432ページ／定価：本体2,800円＋税
ISBN978-4-86385-368-3

ある日突然戦争が始まった。ソウルが陥落。砲弾に追われ、行き場を失った人々は逃げ惑う。
戦争によって運命を狂わされていく人々の姿を描く韓国の文豪廉想渉の長編小説。

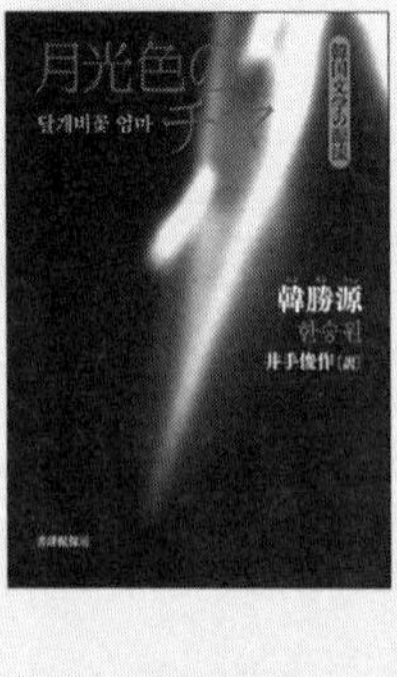

『月光色のチマ』달개비꽃 엄마

韓勝源（ハン・スンウォン）／著　井手俊作／訳

四六判／上製／216ページ／定価：本体2,200円＋税
ISBN978-4-86385-393-5

日本による植民統治時代に生まれ、露草のように美しく生きた気丈な母チョモン。半島南部のとある海辺風景をバックに、激動の時代の約一世紀を強く生き抜いた母の生涯を叙情あふれる筆致で描くハン・ガンの父で韓国を代表する作家ハン・スンウォンの自伝的作品。